O CONTO DE FADAS

SÍMBOLOS – MITOS – ARQUÉTIPOS

NELLY NOVAES COELHO

O CONTO DE FADAS

SÍMBOLOS – MITOS – ARQUÉTIPOS

Dados Internacionais de Catalogação na Publicação (CIP)
(Câmara Brasileira do Livro, SP, Brasil)

Coelho, Nelly Novaes
   O conto de fadas : símbolos - mitos - arquétipos / Nelly Novaes Coelho –
4. ed. – São Paulo : Paulinas, 2012. – (coleção re-significando linguagens)

   Bibliografia.
   ISBN 978-85-356-3137-1

   1. Arquétipos na literatura   2. Contos de fadas - História e crítica   3. Mitologia
4. Simbolismo   I. Título.   II. Série.

12-04383   CDD-398.2

Índice para catálogo sistemático:
1. Contos de fadas : Histórias e crítica   398.2

4ª edição – 2012
4ª reimpressão – 2025

Nota: A autora utiliza a grafia estória com o significado de narrativa ficcional.

Direção-geral: *Flávia Reginatto*
Editora responsável: *Maria Alexandre de Oliveira*
Assistente de edição: *Rosane Aparecida da Silva*
Coordenação de revisão: *Marina Mendonça*
Revisão: *Mônica Elaine G. S. da Costa
e Jaci Dantas*
Direção de arte: *Irma Cipriani*
Gerente de produção: *Felício Calegaro Neto*
Capa e editoração eletrônica: *Manuel Rebelato Miramontes*
Ilustrações de capa e miolo: *Rubem Filho*

---

*Nenhuma parte desta obra poderá ser reproduzida ou transmitida por qualquer forma e/ou
quaisquer meios (eletrônico ou mecânico, incluindo fotocópia e gravação) ou arquivada em
qualquer sistema ou banco de dados sem permissão escrita da Editora. Direitos reservados.*

Cadastre-se e receba nossas informações
paulinas.com.br
Telemarketing e SAC: 0800-7010081

Paulinas
Rua Dona Inácia Uchoa, 62
04110-020 – São Paulo – SP (Brasil)
📞 (11) 2125-3500
✉ editora@paulinas.com.br

© Pia Sociedade Filhas de São Paulo – São Paulo, 2008

SUMÁRIO

APRESENTAÇÃO.. 11

PREFÁCIO.. 13

AS FADAS ESTÃO DE VOLTA... 17

1

CIÊNCIA *VERSUS* MISTÉRIO E O CAMINHO DO MARAVILHOSO 19

2

OS CONTOS DE FADAS E A MEMÓRIA POPULAR.......................... 25

    Perrault.. 27

    La Fontaine.. 28

    Irmãos Grimm... 29

    Andersen 30

3

AS NARRATIVAS MARAVILHOSAS E SUAS FONTES ARCAICAS 33

A Arqueologia e as fontes comuns 35

    Um manuscrito egípcio.. 36

    A fonte oriental... 37

      Calila e Dimna 37

      Sendebar ou O Livro dos Enganos das Mulheres.................. 39

      As Mil e Uma Noites... 40

      Um Auto-de-Fé 42

    A fonte latina e o amálgama cultural da Idade Média............. 43

      Os contos maravilhosos 44

As fábulas..47

Os Livros Exemplares..49

   Disciplina clericalis...49

   O Livro das Maravilhas..49

   O Livro de Petrônio ou O Conde Lucanor.............49

   O Livro de Exemplos..49

   O Livro dos Gatos...49

As novelas de cavalaria..50

   Ciclo carolíngeo (século XI)...............................51

   Ciclo bizantino (século XII)................................51

   Ciclo céltico-bretão (século XII).........................52

Fonte céltico-bretã (século XII)...................................53

   O Beowulf (século VII)..54

   Os Mabinogion (século IX).................................54

4

DOS LAIS BRETÕES AOS CONTOS DE FADAS........................57

A matéria bretã e a França...59

  Marie de France e os lais bretões..............................60

  Lai de Fresno (Grisélidis).....................................62

  Lai de Laostic (Rouxinol)....................................63

  Lai d'Yonec...64

  Lai de Bisclavaret (Lobisomem)..........................64

  Lai de Perceforest...65

  Lai de Guingamor...65

  Lai de Lanval..65

  Lai de Tidorel...65

Lai de Eliduc.. 66

Lai de Tiolet.. 66

Lai de Madressilva.. 66

O romance cortês (século XII) 66

Erec e Enid (1168) e Cligés (1170).............................. 67

Lancelote ou O Cavaleiro na Carroça (1172)............... 67

Ivã ou O Cavaleiro do Leão (1173).............................. 68

Percival ou A Busca do Graal (1190)........................... 68

Tristão e Isolda (1170).. 69

Os monges copistas.. 71

5

Da cultura mágica dos celtas aos
tempos modernos racionalistas: as fadas 73

As fadas.. 77

O século XVI e as fadas 79

O século de Perrault e as fadas 81

As preciosas e as fadas.................................... 84

O conto maravilhoso e o conto de fadas...................... 85

As fadas e a visão de mundo esotérica 86

6

Símbolos – mitos – arquétipos 89

Mitos.. 91

Arquétipos 95

Símbolos... 99

A mitologia cibernética... 100

7

TEORIAS SOBRE O MUNDO DO MARAVILHOSO 103

O caminho aberto pelos Irmãos Grimm.......................... 107

A investigação das origens.................................... 107

A simbologia do maravilhoso: interpretações...................... 108

A escola naturalista védica.................................... 109

A mitologia científica 109

Os contos maravilhosos e os "pensamentos elementares"......... 109

O lastro animista/naturalista dos contos de fadas.............. 110

O pensamento fetichista e a simbologia dos contos 111

Mitos iniciáticos, rituais e contos maravilhosos.............. 112

Contos e os esquecidos rituais das estações.............. 113

Contos de origem iniciática.......................... 113

A descoberta das invariantes e variantes.................... 114

A análise formalista dos contos................................ 115

A morfologia do conto popular maravilhoso 116

A análise psicanalítica.................................... 120

Freud, a criação artística e os sonhos 120

Wundt e a fantasia coletiva......................... 121

Jung: o inconsciente coletivo e os arquétipos.................. 122

Conclusão.. 123

8

A EDUCAÇÃO E AS FADAS: A LITERATURA INFANTIL......................... 125

O camponês e a torneira 131

Uma narrativa ancestral.................................... 131

GLOSSÁRIO 133

BIBLIOGRAFIA 145

Antologias 145

Enciclopédias e dicionários 146

Bibliografia comentada 147

ÍNDICE ONOMÁSTICO 155

APRESENTAÇÃO

Desafio tão lisonjeiro quanto gratificante é, para mim, fazer uma apresentação deste livro essencial, que começa a se definir desde a sua atraente capa – isto sem falar da "apresentação" da própria autora, – onde já adianta "a que veio" e a quem se dirige, a ponto de quase bastar mencionar os oito – tão poucos e "tão tantos" – itens encabeçados pelo sumário: "As fadas estão de volta...".

Mas prefiro falar da Importância, com maiúscula mesmo, para os leitores de todas as idades, educadores ou não, que se dão conta do imenso poder de Sua Majestade, a Palavra – "No princípio era o Verbo"! – na misteriosa aventura que é a vida de todos nós na nossa *im-previsível* natureza humana.

Para começar, peço licença de contar um pouco do que significou, para a criança que fui, ainda antes de chegar ao Brasil, a constante convivência com a palavra, a literatura, as histórias maravilhosas, encantadas, fantásticas, incríveis, mas sempre "verdadeiras"! Histórias em prosa e em versos, de várias fontes, origens e idiomas, num contínuo e interminável "Conto de fadas". Histórias que povoavam minha cabeça, meu coração, minha imaginação, minhas emoções e, sim, levavam a pensar! A ponto de contribuírem, sem dúvida, ao desenvolvimento da minha – e não direi precoce – *weltanschauung* juvenil, ao alimentarem o meu insaciável apetite por mais e mais "alimentos".

E por que falo aqui da minha experiência pessoal? Porque ela não é pessoal, mas sim, como entendo, geral e coletiva, atingindo todas as crianças que tenham a sorte de ser expostas ao conto maravilhoso, ao conto de fadas – e a todas as outras.

Finalmente, chego à minha apresentação deste livro fascinante, fruto de amplas e profundas pesquisas, estudos, leituras e, claro, ideias, conclusões, hipóteses e mesmo perguntas da sua ilustre autora – esta incrível Nelly Novaes Coelho. Ela, a querida e sempre admirada mestra Nelly, com as suas posturas ético-filosóficas, "antigas", contemporâneas, modernas e até "pós-modernas", bem fundamentadas e eruditas, sem deixarem de ser otimistas. Neste seu livro imprescindível, Nelly procura e consegue esclarecer e aproximar o felizardo leitor da sua apaixonante temática: a Palavra, o Livro, a Leitura, a Poesia, a Emoção, a Esperança, a Justiça e tanta coisa mais na sua vasta reserva de preciosas informações, fontes de pesquisas e verdadeiras "iluminações" sobre – com perdão da óbvia metáfora – a Fênix, sempre rediviva, em todas as épocas e quadrantes, do pequeno mundo: o Conto de fadas (que está de volta!).

Viva ele!

E obrigada, Nelly!

Tatiana Belinky

PREFÁCIO

Nossa época terrivelmente materialista e burocrática tem sido muito cruel com a fantasia e a imaginação, duas de nossas faculdades mentais mais estimulantes. Em toda parte, esse modo pacífico e sutil de interagir com a realidade – o prazeroso exercício da fantasia e da imaginação – tem sido sistematicamente desestimulado e desvalorizado.

Nossa época terrivelmente utilitarista e desencantada precisa urgentemente dos contos de fadas, das fábulas, dos mitos, das narrativas fantásticas, de tudo o que esteja carregado de poesia, símbolos e arquétipos, ou seja, de energia vital. Essa é a grande afirmação deste cuidadoso e necessário estudo de Nelly Novaes Coelho. O pensamento tocado pelo maravilhoso é capaz de reencantar a realidade, e esse reencantamento precisa começar imediatamente, em casa e na escola, e em seguida se espalhar pelo mundo.

Em entrevistas, palestras e mesas-redondas, Nelly Novaes Coelho não se cansa de dizer, com seu jeito apaixonado e perspicaz: "Neste momento, está em curso uma mudança efetiva da percepção do homem em relação ao mundo e a si mesmo, que resultará na criação de novos paradigmas, e os contos de fadas precisam assumir seu papel fundamental nessa mudança". A presente análise das narrativas de Esopo, Perrault, La Fontaine, Grimm, Andersen, Carroll e tantos outros também é um importante gesto nessa mudança efetiva da percepção global.

Nessa análise são reveladas e comentadas as inúmeras camadas ocultas de várias histórias aparentemente simples, sobre animais, heróis e feiticeiras envolvidos em aventuras estranhas e terríveis. Coisa de criança? É claro que sim, mas também de crianças adultas. Afinal, essas camadas mais profundas, sua simbologia e seus segredos, são de altíssimo valor para a educação, a psicologia, a psicanálise e os estudos literários. E para a felicidade humana.

NELSON DE OLIVEIRA

Escritor e doutorando em Letras pela USP

*Cultura não é somente o armazenar de conhecimento,
mas a capacidade de interrogarmos nosso tempo.*

Vergílio Ferreira

[...] o país dos contos de fadas se encontra em nossa alma.

Hans Dieckmann

*Gênero tão antigo como a imaginação humana é o relato
de casos fabulosos, seja para recrear com sua mera narração,
seja para tirar deles um ensinamento salutar. A parábola,
a fábula, os contos de fadas e outras formas de símbolo
didático são narrações mais ou menos simples e germes do
conto. Todas têm em suas origens mais remotas certo caráter
mítico e transcendental, cujo sentido foi-se perdendo com
a passagem dos tempos, ficando apenas a mera envoltura
poética e episódica.*

Menendez Pelayo

Público-alvo:

Leitores atentos que já habitam o mundo da literatura e estão sempre em busca de novas veredas a serem palmilhadas.

Professores que se preparam para ser educadores e verdadeiros guias orientadores das novas gerações.

Alunos (ou jovens em geral) que estão procurando descobrir qual a importância da literatura (que exige tempo e vagar para ser lida) neste frenético mundo de internet, TV, vídeos... e de suas velozes informações.

AS FADAS ESTÃO DE VOLTA...

Até os distraídos já puderam notar que, entre as muitas curiosidades deste nosso tempo caótico, dinamizado pela cultura cibernética, vem-se sobressaindo a crescente onda de interesse pela literatura alimentada pela magia, pelo sobrenatural, pelo mistério da vida, das forças ocultas. E, no rastro desses interesses, também as fadas estão de volta, entrando não só nos lares, mas também nas escolas.

Multiplicam-se nas livrarias as edições e reedições dos contos de fadas ou contos maravilhosos, lendas, mitos, clássicos antigos e modernos. O mercado oferece, em sedutoras edições ilustradas, toda uma literatura que parecia perdida no tempo: *A Bela Adormecida*, *Chapeuzinho Vermelho*, *Cinderela ou A Gata Borralheira*, *Dom Quixote*, *Contos dos Cavaleiros da Távola Redonda* e muitos outros. Livros que parecem anacrônicos ao serem confrontados com este nosso ciberespaço (dinamizado pelas multimídias e transformado pelas conquistas da eletrônica e da informática), mas que são verdadeiras fontes de sabedoria.

Não há dúvida de que estamos vivendo em um limiar histórico: entre uma ordem de valores herdada da tradição progressista (e hoje em pleno processo de superação/transformação) e uma desordem em cujo bojo uma nova "ordem" está em gestação... (muito embora ainda não tenhamos nenhuma ideia de como ela será!). É nesse limiar ou nessa fronteira que se situa o papel formador desses livros antigos. Portanto, longe de serem vistos como algo superado ou mero entretenimento infantil, precisam urgentemente ser redescobertos como fonte de conhecimento de vida. E, nesse sentido, descobertos como auxiliares fecundos na formação da mente dos novos, dos "mutantes" que já estão chegando e precisam ser preparados para atuar no amanhã, que está sendo semeado no hoje...

Sabemos que, para realizarmos a urgente tarefa da reestruturação das atuais formas de educação, seria quase preciso que tivéssemos uma *varinha de condão*, tais o gigantismo e as dificuldades com que ela se apresenta. Isso porque não se trata apenas de alterar métodos ou estruturas, mas de transformar *mentalidades*.

E como fazê-lo? Como orientar *hoje* os novos construtores do mundo de amanhã? Um dos recursos é redescobrir a *literatura arcaica*, as palavras-de-origem (como os contos de fadas), e por meio dela refazer o caminho do *ontem* e estimular, ao mesmo tempo, o *poder mágico* que existe no próprio ser humano: o Conhecimento. Literatura é ato de relação do eu com o outro e com o mundo. Os tempos mudam incessantemente, porém a *natureza humana* permanece a mesma.

É nesse sentido que este livro pretende se oferecer como uma espécie de "seta orientadora" para aqueles (professores, pais, avós...) que assumiram a tarefa de guias dos pequenos ou dos adolescentes no caminho do Conhecimento que leve à autorrealização de cada um, como parte consciente e atuante do todo.

1

CIÊNCIA *VERSUS* MISTÉRIO E O CAMINHO DO MARAVILHOSO

ão há como negar que estamos vivendo um momento propício à volta do maravilhoso. Lembremos que há pouco mais de um século a ciência positivista, aprofundando seu conhecimento a respeito das *leis da natureza* (Materialismo, Determinismo, Evolucionismo), tinha como um dos objetivos destruir a ideia de *transcendência* sobre a qual se funda (ou fundava?) a Civilização Cristã. Foi quando o homem se viu despojado de sua origem divina (como filho de Deus) e se descobriu como mero resultado da evolução da matéria e transformado de "alma" em "lama". (O período agudo dessa descoberta ficou registrado no Naturalismo, com a série de vinte romances de Émile Zola: *Os Rougon-Macquart* – 1871-1893.) Sob o impacto dessa descoberta científica, Dostoievski (um dos monstros sagrados da Literatura Universal) sintetizou em uma frase o alcance metafísico da "nova verdade" imposta pela Ciência: "Se Deus não existe, tudo é permitido". (É só olharmos o mundo à nossa volta, para nos darmos conta da antevisão dostoeivskiana...)

Mas a vida não para. A contínua evolução das ideias e descobertas acabou por abalar aquelas "certezas absolutas" sobre as quais a Ciência materialista se alicerçava. No início do século XX, entramos na Era Einsteiniana – a era do Relativismo. As descobertas no campo da Física atômica abalaram os alicerces da Ciência tradicional (concepção mecanicista de Descartes e de Newton). Os dogmas positivistas caíram por terra. A investigação experimental dos átomos revelou que, ao invés de serem "partículas duras e sólidas", esses componentes elementares da matéria eram "regiões de espaço em que partículas extremamente pequenas – os elétrons – se movimentavam em redor do núcleo". A matéria é descoberta como fenômeno dinâmico, e não inerte, como se acreditava. Nesse nível subatômico, *dilui-se o limite entre matéria e energia*. Um elétron aparece, ao mesmo tempo, como *onda e partícula*. O que implica a descoberta de que, vistas em nível elementar (invisível ao nosso "olho comum"), todas as coisas carregam essa dualidade: são onda-partícula, energia-matéria. Fenômeno muito estranho, que as leis conhecidas não podiam explicar e que, tal como as descobertas cósmicas feitas pela astrofísica (a "Teoria do caos"), permanece como um desafio aos cientistas, neste limiar do Terceiro Milênio. Como vemos, a Ciência está sendo levada a reconsiderar o *sobrenatural*, a aceitar o mistério, a buscar um novo sentido para a transcendência e a remodelar a face do próprio Deus.

Toda essa introdução sobre a presença da Ciência em nosso mundo – como "porta" para entrar no reino da narrativa maravilhosa – visa mostrar as profundas e invisíveis ligações existentes entre todas as áreas da vida e do conhecimento (até mesmo a da Ciência com a da literatura e das artes em geral). Impõem-se-nos, hoje, a redescoberta do mundo mediante a "ótica da complexidade", proposta por Edgar Morin, e já dominante no "mundo pensante": a ótica que descobre o mundo como uma *trama complexa*, cujos componentes integram um *todo complexo*: áreas diferentes (como econômica, política, social, literária, mitológica), de acordo com o sociólogo,

> são inseparáveis, pois existem em um tecido interdependente, interativo e inter-retroativo entre as partes e o todo, o todo e as partes. Daí que os desenvolvimentos próprios de nosso século e de nossa era planetária nos põem em confronto, inevitavelmente e com mais e mais frequência, com os desafios da complexidade. [...] Uma inteligência incapaz de perceber o contexto e o complexo planetário fica cega, inconsciente e irresponsável. [...] o conhecimento pertinente é o que é capaz de situar qualquer informação em seu contexto e, se possível, no conjunto em que está inscrita (MORIN, 2000: 15).

É importante que cada indivíduo se saiba vivendo no umbral desse *novo maravilhoso*, aberto pela Ciência, e vendo o retorno a uma espécie de *visão mágica* do mundo. Seja na literatura, seja nas artes e principalmente no cinema e na televisão, assistimos à invasão da ficção científica, dos super-heróis, das máquinas (satélites, foguetes interplanetários, estações espaciais, máquinas do tempo), simultaneamente à exploração dos superpoderes da mente; dos mistérios do além-mundo; da força energética dos seres extraterrenos.

Enfim, estamos vivendo um momento propício à volta do maravilhoso, em cuja esfera o homem tenta reencontrar o sentido último da vida e responder à pergunta-chave de sua existência: Quem sou eu?

Por que estou aqui? Para onde vou? É no sentido dessa inquietação existencial que vemos o atual fascínio pela redescoberta dos tempos inaugurais/míticos, nos quais a aventura humana teria começado. No romance pós-moderno (aquele engendrado por essas novas forças), predominam a "metaficção historiográfica" e o Realismo Mágico ou Maravilhoso. O onírico, o fantástico, o imaginário deixaram de ser vistos como pura fantasia, para serem pressentidos como *portas que abrem* para verdades humanas ocultas.

É por meio dessa perspectiva que os contos de fadas, as lendas, os mitos, entre outros, também deixaram de ser vistos como "entretenimento infantil" e vêm sendo redescobertos como autênticas fontes de conhecimento do homem e de seu lugar no mundo. Em busca dessas "fontes", tentaremos, aqui, fazer uma viagem pelos caminhos das narrativas maravilhosas, através das eras, da história dos povos e de suas culturas.

OS CONTOS DE FADAS E A MEMÓRIA POPULAR

*Os livros que têm resistido ao tempo
são os que possuem uma essência de verdade,
capaz de satisfazer a inquietação humana,
por mais que os séculos passem.*
Cecília Meireles

Os contos de fadas fazem parte desses livros eternos que os séculos não conseguem destruir e que, a cada geração, são redescobertos e voltam a encantar leitores ou ouvintes de todas as idades.

Quando e onde teriam nascido essas narrativas maravilhosas, que hoje conhecemos como Literatura Infantil Clássica? Quem teria inventado essas estórias que os avós dos nossos avós já conheciam e contavam para as crianças, nas noites de serão familiar? Onde teriam nascido Cinderela, Branca de Neve, Chapeuzinho Vermelho, Ali Babá e os Quarenta Ladrões, o Pequeno Polegar... Onde teriam nascido as fadas? Em que lugar do mundo teriam acontecido os encantamentos? As magias? As bruxarias ou metamorfoses que envolviam animais falantes, sapos que se transformavam em príncipes, princesas que dormiam durante cem anos e eram acordadas pelo beijo amoroso de um príncipe? E as meninas maltratadas pela madrasta que se transformavam em formosas donzelas, que calçavam sapatinhos de cristal?

PERRAULT

A História da Literatura registra que a primeira coletânea de contos infantis foi publicada no século XVII, na França, durante o faustoso reinado de Luís XIV, o rei Sol. Trata-se dos *Contos da Mãe Gansa* (1697), livro no qual Charles Perrault (poeta e advogado de prestígio na corte) reuniu oito estórias, recolhidas da memória do povo. São elas: *A Bela Adormecida no Bosque*; *Chapeuzinho Vermelho*; *O Barba Azul*; *O Gato de Botas*; *As Fadas*; *Cinderela ou A Gata Borralheira*; *Henrique do Topete* e *O Pequeno Polegar*. Contos em versos, cuja autoria ele atribuiu ao seu filho Pierre Perrault, que o ofereceu à Infanta, neta do rei Sol. Em uma segunda publicação, Perrault acrescenta: *Pele de Asno*, *Grisélidis* e *Desejos Ridículos*.

Para melhor nos situarmos no tempo do surgimento desses contos, é interessante lembrar que a França dessa época (séc. XVII) vivia um esplêndido momento de progresso e transformações político-culturais, enquanto o Brasil era ainda uma simples colônia, culturalmente atrasada e continuamente disputada pelos holandeses, franceses e outros, atraídos por nossas riquezas naturais: cana-de-açúcar, pau-brasil, ouro. Graças a sucessivas vitórias dos portugueses contra os invasores, hoje somos uma nação unificada por uma língua comum, a portuguesa. Falta-nos, neste limiar do século XXI, darmos o grande salto cultural que se faz necessário, para participarmos legitimamente do grupo das grandes nações mundiais. Cultura é o grande alicerce das riquezas...

LA FONTAINE

Na mesma época, outro intelectual de prestígio na corte francesa, Jean de La Fontaine, dedica-se ao resgate das antigas historietas moralistas, guardadas pela memória popular: as *Fábulas*. Mas sua recolha não se vale apenas dessa memória. Ele procura fontes documentais da Antiguidade: Grécia (*Fábulas de Esopo*); Roma (*Fábulas de Fedro*); parábolas bíblicas, coletâneas orientais e narrativas medievais ou renascentistas. Durante vinte e cinco anos, trabalhou na busca e no cotejo desses textos antigos e os reelaborou em versos, dando-lhes a forma literária definitiva – *Fábulas de La Fontaine* – que, há séculos, vêm servindo de fonte para as mil e uma adaptações que se espalham pelo mundo todo.

A julgar pelo testemunho de seus contemporâneos, suas fábulas eram verdadeiros textos cifrados, que denunciavam as intrigas, os desequilíbrios ou as injustiças que aconteciam na vida da corte ou entre o povo. Foi, pois, pelo empenho de La Fontaine que se divulgaram, no mundo culto, as fábulas populares: *O Lobo e o Cordeiro; O Leão e o Rato; A Cigarra e a Formiga; A Raposa e as uvas; Perrette, A leiteira e o pote de leite*, dentre outras. Todas alimentadas de uma sabedoria prática que não envelheceu, pois se fundamenta na natureza humana, e esta, como sabemos, continua a mesma, através dos milênios.

IRMÃOS GRIMM

Como gênero, a Literatura Infantil nasceu com Charles Perrault. Mas somente cem anos depois, na Alemanha do século XVIII, e a partir das pesquisas linguísticas realizadas pelos Irmãos Grimm (Jacob e Wilhelm), ela seria definitivamente constituída e teria início sua expansão pela Europa e pelas Américas.

Participantes do Círculo Intelectual de Heidelberg, os Grimm – filólogos, folcloristas, estudiosos da mitologia germânica empenhados em determinar a autêntica língua alemã (em meio aos numerosos dialetos falados nas várias regiões germânicas) – entregam-se à busca das possíveis invariantes linguísticas, nas antigas narrativas, lendas e sagas que permaneciam vivas, transmitidas de geração para geração, pela tradição oral. Duas mulheres teriam sido as principais testemunhas de que se valeram os Irmãos Grimm para essa homérica recolha de textos: a velha camponesa Katherina Wieckmann, de prodigiosa memória, e Jeannette Hassenpflug, descendente de franceses e amiga íntima da família Grimm. Em meio à imensa massa de textos que lhes servia para os estudos linguísticos, os Grimm foram descobrindo o fantástico acervo de narrativas maravilhosas, que, selecionadas entre as centenas registradas pela memória do povo, acabaram por formar a coletânea que é hoje conhecida como Literatura Clássica Infantil. Entre os contos mais conhecidos estão: *A Bela Adormecida*; *Branca de Neve e os Sete Anões*; *Chapeuzinho Vermelho*; *A Gata Borralheira*; *O Ganso de Ouro*; *Os Sete Corvos*; *Os Músicos de Bremem*; *A Guardadora de Gansos*; *Joãozinho e Maria*; *O Pequeno Polegar*; *As Três Fiandeiras*; *O Príncipe Sapo* e dezenas de outros, que correm o mundo. Publicados avulsamente entre 1812 e 1822, posteriormente foram reunidos no volume *Contos de Fadas para Crianças e Adultos* (hoje conhecidos como Contos de Grimm).

Influenciados pelo ideário cristão que se consolidava na *época romântica* e cedendo à polêmica levantada por alguns intelectuais, contra a crueldade de certos contos, os Grimm, na segunda edição da coletânea, retiraram episódios de demasiada violência ou maldade, principalmente aqueles que eram praticados contra crianças.

O sucesso desses contos abriu caminho para a criação do gênero Literatura Infantil.

ANDERSEN

O acervo da Literatura Infantil Clássica seria completado décadas depois dos Grimm, no século XIX, início do *Romantismo*, com os *Eventyr* (168 contos publicados entre 1835 e 1877) do dinamarquês Hans Christian Andersen. Sintonizado com os ideais românticos de exaltação da sensibilidade, da fé cristã, dos valores populares, dos ideais da fraternidade e da generosidade humana, Andersen se torna a grande voz a falar para as crianças com a linguagem do coração; transmitindo-lhes o ideal religioso que vê a vida como o "vale de lágrimas" que cada um tem de atravessar para alcançar o céu. A par do maravilhoso, seus contos se alimentam da realidade cotidiana, na qual imperam a injustiça social e o egoísmo. Daí que, em geral, os *Contos de Andersen* sejam tristes ou tenham finais trágicos (e muitos deles tenham "envelhecido"). Entre os mais conhecidos, citamos: *O Patinho Feio; Os Sapatinhos Vermelhos; O Soldadinho de Chumbo; A Pequena Vendedora de Fósforos; O Rouxinol e o Imperador da China; A Pastora e o Limpador de Chaminés; Os Cisnes Selvagens; A Roupa Nova do Imperador; Nicolau Grande e Nicolau Pequeno; João e Maria; A Rainha de Neve...*

Explica-se, talvez, o tom nostálgico da maior parte de seus contos pelo momento de grandes contrastes em que viveu o autor. Sua infância decorreu no período em que a Dinamarca (e demais países nórdicos) viveu sob domínio napoleônico (1805-1815). Período da exaltação nacionalista e de grande expansão econômica que, nos rastros do progresso industrial que se iniciava, vai aprofundando os contrastes e a distância entre a abundância organizada e a pobreza sem horizontes.

Quanto ao momento histórico vivido por Andersen – o do domínio napoleônico –, é curioso lembrar que, indiretamente, o Brasil deve a Napoleão Bonaparte o verdadeiro início de sua transformação em nação civilizada: ameaçado pela invasão napoleônica, em 1808, Dom João VI, com a Corte portuguesa, muda-se para o Brasil, que passa a ser a nova sede do reino até 1822, quando seu filho, Dom Pedro I, proclama nossa Independência.

Os *Contos de Andersen*, resgatados do folclore nórdico ou inventados, mostram à saciedade as injustiças que estão na base da sociedade, mas, ao mesmo tempo, oferecem o caminho para neutralizá-las: a fé religiosa. Como bom cristão, Andersen sugere a piedade e a resignação, para que o céu seja alcançado na eternidade. Curiosamente, pelo que registram os dados de sua biografia, vê-se que ele próprio não foi nunca um resignado e lutou sempre por seu "lugar ao sol", a despeito dos obstáculos e das injustiças.

Andersen passou à história como a primeira voz autenticamente "romântica" a contar histórias para as crianças e a sugerir-lhes padrões de comportamento a serem adotados pela nova sociedade que naquele momento se organizava. Entre os diversos valores ideológicos consagrados pelo Romantismo, e facilmente identificáveis nas histórias desse autor, destacam-se:

1. Defesa dos direitos iguais, pela anulação das diferenças de classe (*A Pastora e o Limpador de Chaminés*).

2. Valorização do indivíduo por suas qualidades próprias e não por seus privilégios ou atributos sociais (*O Patinho Feio, A Pequena Vendedora de Fósforos*).

3. Ânsia de expansão do Eu, pela necessidade de conhecimento de novos horizontes e da aceitação de seu Eu pelo outro (*O Sapo, O Pinheirinho, A Sereiazinha*).

4. Consciência da precariedade da vida, da contingência dos seres e das situações (*O Soldadinho de Chumbo, O Homem da Neve*).

5. Crença na superioridade das coisas naturais em relação às artificiais (*O Rouxinol e o Imperador*).

6. Incentivo à fraternidade e à caridade cristãs; à resignação e à paciência com as duras provas da vida (*Os Cisnes Selvagens, Os Sapatinhos Vermelhos*).

7. Sátira às burlas e às mentiras usadas pelos homens para enganarem uns aos outros (*Nicolau Grande e Nicolau Pequeno, A Roupa Nova do Imperador*).

8. Condenação da arrogância, do orgulho, da maldade contra os fracos e os animais e, principalmente, contra a ambição de riquezas e poder (*A Menina que Pisou no Pão, Nicolau Grande e Nicolau Pequeno, Os Cisnes Selvagens*).

9. Valorização da obediência, da pureza, da modéstia, da paciência, do recato, da submissão, da religiosidade como virtudes básicas da mulher (patente em todos os contos, confirmando o ideal feminino consagrado pela tradição: pura/impura, bruxa/fada, mãe/madrasta...).

3

AS NARRATIVAS MARAVILHOSAS E SUAS FONTES ARCAICAS

A ARQUEOLOGIA
E AS FONTES COMUNS

A partir do século XVIII, graças ao progresso dos estudos de Arqueologia, puderam ser provadas, como verdadeiras, histórias e lendas até então tidas como inventadas ou fantasiosas, mas que realmente haviam acontecido em tempos remotos. No século XIX, em escavações na Itália, são descobertas as cidades de Herculano e de Pompeia, que no início de nossa era (ano 79) haviam sido soterradas totalmente pelo vulcão Vesúvio. Logo depois, os arqueólogos descobriram a cidade de Troia, destruída pelos gregos, em 1200 a.C. – guerra que é tema do poema épico *Ilíada*, de Homero, livro-fonte de nossa civilização ocidental. Decifram-se os hieróglifos egípcios, criados também milênios antes de Cristo.

No rastro dessas descobertas, surgem também as "escavações" na memória popular, nacional; difundem-se as pesquisas narrativas populares e folclóricas por toda a Europa (Portugal, Espanha, França, Itália, Alemanha, Inglaterra...) e pelas Américas (Brasil, Argentina, Chile, Peru, México...), com base nas quais cada nação empenhava-se em descobrir suas verdadeiras raízes nacionais. Essa verdadeira cruzada de cunho nacional – que resultou em centenas de antologias de contos maravilhosos, fábulas, lendas – acaba por descobrir que tais acervos, embora pertencentes a povos e regiões de formações diferentes, tinham numerosas narrativas em comum, como *Chapeuzinho Vermelho*, *A Bela Adormecida*, *A Gata Borralheira*, entre outras.

Diante dessa descoberta, uma interrogação abriu caminho para uma nova e ampla pesquisa: como justificar essa comunidade de narrativas em povos que tiveram origens e processos históricos tão diferentes? Um verdadeiro exército de pesquisadores das várias nações e pertencentes às mais diferentes áreas de conhecimento (Filologia, Linguística, Folclore, Antropologia, Etnologia, História, Literatura, Pedagogia) empenharam-se durante anos em rastrear os caminhos possivelmente seguidos por essas narrativas arcaicas, que, vindas da origem dos tempos, chegaram até nossos dias. O cruzamento das várias pesquisas acabou revelando, nas raízes daqueles textos populares, uma grande fonte narrativa, de expansão popular: a fonte oriental (procedente da Índia, séculos antes de Cristo), que vai se fundir, através dos séculos, com a *fonte latina* (grego-romana) e com a fonte *céltico-bretã* (na qual nasceram as fadas).

UM MANUSCRITO EGÍPCIO

Cabe registrar, anterior a essas fontes, o *manuscrito egípcio*: um papiro, achado no século XIX, pela egiptóloga Mrs. D'Orbeney, em escavações feitas na Itália. Os estudos calcularam sua idade em torno de 3.200 anos, portanto bem mais antigo do que as mais remotas fontes indianas e com narrativas comuns a estas, como o conto *Os Dois Irmãos*, apontado pelos estudiosos como texto-fonte do episódio bíblico "José e a mulher de Putifar". Pela autoidentificação do autor no início, deduz-se o valor atribuído às narrativas e à necessidade de preservá-las da destruição do tempo:

> *Foi composto pelo escriba Anana, possuidor deste rolo. Que o deus Tot livre da destruição todas as obras contidas neste rolo.*

A trama, cheia de acontecimentos mágicos, envolve dois irmãos e a perfídia da mulher de um deles, que semeia a discórdia entre ambos; mas, pela intervenção do deus Armachis, as traições da mulher são descobertas, e ambos voltam à antiga amizade. São numerosos os motivos que aparecem nesse conto e se repetem em muitas narrativas folclóricas: a polaridade paixão-ódio; a vingança da mulher rejeitada; os caprichos da mulher que pede ao marido o fígado (ou a língua) de um boi estimado, para ela comer, e ele cede; o nascimento de uma planta onde fora enterrado alguém morto injustamente; a ressurreição de um morto, através de uma água milagrosa, entre outros. Em nosso folclore, Câmara Cascudo, o grande folclorista brasileiro, descobriu, no Rio Grande do Norte, no conto *A Princesa e o Gigante,* uma versão dessa narrativa egípcia.

Enfim, essas diversas fontes, levadas, através dos tempos, para diferentes regiões, por peregrinos, viajantes, invasores, foram-se misturando umas às outras e criando as diferentes formas narrativas "nacionais", que hoje constituem a Literatura Infantil Clássica e o folclore de cada nação.

Uma difusão realmente espantosa, quando lembramos que, nesses tempos primordiais, a comunicação se dava de pessoa para pessoa e os povos que receberam tais narrativas viviam distanciados geograficamente, separados por montanhas, rios, mares, em um tempo em que as viagens eram feitas a pé, ou a cavalo ou em barcos toscos... Isso prova a força da Palavra como fator de integração entre os homens.

A FONTE ORIENTAL

Calila e Dimna

Depois de tentarem refazer, cada qual a seu modo, os longos e misteriosos caminhos percorridos por esse caudal de narrativas comuns a todos, os pesquisadores localizaram a fonte primeira na Índia, na coletânea *Calila e Dimna*, resultante da fusão de três livros sagrados da Índia primordial: *Pantschatantra, Mahabharata e Vischno Sarna*. Trata-se, pois, de narrativas exemplares ou fantásticas, utilizadas pelos primeiros pregadores budistas, a partir do século VI antes de Cristo. Sua difusão original se deve, então, aos primeiros discípulos de Buda, os quais, para propagarem a crença no Mestre Iluminado e pregarem a Justiça entre os homens, iam de aldeia em aldeia revelando ao povo os caminhos certos de pensamento, de ação e de vida... E, para se fazerem compreender melhor, transformavam os ensinamentos em situações simbólicas, isto é, em fábulas, contos prodigiosos, apólogos, parábolas, tal como Cristo o faria 500 anos depois, com suas parábolas.

O texto original de *Calila e Dimna*, escrito em sânscrito, se perdeu, assim como sua *versão persa* (que foi a primeira a traduzir a fonte original, no séc. VI da Era Cristã). Sabe-se que existiram por serem citadas na *versão árabe*, feita por ordem do califa Almanzur Haddad, no século VIII, época em que os árabes invadiram a Península Ibérica e ali se instalaram, criando uma cultura magnífica.

Foi essa versão árabe que, por sua vez, serviu de fonte para a *versão hebraica*, atribuída ao Rabi Joel, no século XII, na Itália, e posteriormente para a latina e as versões francesas, durante os séculos XVIII e XIX. E daí para as demais versões misturadas com outras fontes, que hoje integram a literatura folclórica das várias nações europeias e americanas.

Calila e Dimna – nome dos dois chacais que são as personagens-eixo – é um emaranhado de estórias que, por meio de situações vividas por animais e homens, mostram a vida como uma luta contínua. Luta em que se defrontam as eternas paixões humanas: a inveja, o egoísmo, o ciúme, os desejos, a traição, o poder, a ambição. Narrativas destinadas originariamente aos adultos, depois transformadas em literatura para crianças, as de *Calila e Dimna* são consideradas pela crítica contemporânea um manual de arte política.

Nos longínquos tempos em que essas histórias surgiram, o mundo ainda estava sob a "lei do mais forte" e a justiça se fazia "olho por olho, dente por dente". A violência ainda era o caminho mais curto para a vitória dos indivíduos ou dos povos. (O que teria mudado no limiar deste "civilizadíssimo" Terceiro Milênio?) Tendo em vista esse contexto social e a turbulência que se manifesta em quase todas as narrativas da coletânea, como entendermos que os pregadores budistas as tivessem usado para propagar o alto ideal da quietude, de força interior e de desprezo pelas conquistas do mundo material – inerentes ao ideário budista?

Uma possível explicação estaria na natureza da linguagem usada. Como sabemos, a *linguagem simbólica* é ambígua, não tem significado unívoco e definitivo. Sua significação depende não só da intencionalidade e visão do mundo daquele que a inventa ou cria (o autor), como também daquele que a ouve ou lê e a interpreta (o receptor). Sendo assim, supõe-se que o tônus dado a essas narrativas, pelos pregadores budistas, visasse conscientizar seus ouvintes quanto às injustiças (a lei do mais forte, a mentira encobrindo a verdade...) que predominavam na vida cotidiana, e com isso levá-los a agir corretamente, em justiça, começando cada qual pela reforma interior de seu próprio eu, de acordo com a regra de ouro do budismo: "Tudo que somos é resultado do que pensamos". Isto é, tudo começa em nosso próprio eu. Não por acaso, o termo *buddha* significa *despertar*. É o despertar da mente dos homens que leva à sua libertação interior e à consequente descoberta da verdade última da vida, sempre oculta pela ilusão das realidades visíveis. Uma excelente lição a ser aprendida pelos homens, nestes tempos caóticos do "vale-tudo" e do "levar vantagem".

Sendebar ou O Livro dos Enganos das Mulheres

Da mesma natureza que o texto egípcio, mas originário da Índia, a coletânea *Sendebar* é outra fonte oriental que está na gênese das narrativas maravilhosas do Ocidente. Atribuído ao filósofo hindu Sendabad, o texto original, em sânscrito, perdeu-se, mas sua estória continuou sendo divulgada, do século IX a XIII, em persa, árabe, siríaco, hebraico e, principalmente, em castelhano – texto a partir do qual os estudos orientalistas puderam ser feitos.

Pelo subtítulo vê-se que pertence às narrativas do ciclo narrativo que difunde a imagem negativa da mulher. Tal como o texto de *Os Dois Irmãos*, ele pode ser incluído entre os precursores do conto de fadas, uma vez que o seu conflito básico é de natureza existencial: *a paixão amorosa e a sabedoria da palavra* são postas em jogo, para preservação de uma vida. Seu argumento gira em torno do eixo paixão-ódio-sabedoria. O motivo é semelhante ao de *Os Dois Irmãos*: uma paixão rejeitada que gera o ódio. O filho de um rei falsamente acusado pela madrasta de tentar violentá-la é condenado à morte pelo pai. Mas a execução vai sendo adiada por estratégia de sábios que queriam proteger o príncipe. Ao final, ele consegue falar e provar sua inocência, e a madrasta mentirosa é entregue às chamas.

Curioso notar que, segundo os registros históricos, a maior divulgação de *Sendebar* na Europa se dá entre os séculos IX (versão árabe) e XIII (versão castelhana), período em que a Igreja intensifica seus esforços de cristianização do mundo ocidental, coincidentemente com a valorização/idealização da mulher, seja no plano religioso, por intermédio do Culto Marial (veneração da Virgem Maria e consequente sacralização da condição feminina), seja no plano leigo, com o incentivo ao culto do *amor cortês*, difundido pelos trovadores nas cortes medievais.

Dos muitos episódios de *Sendebar*, saíram vários contos maravilhosos, como as *Aventuras de Simbad, o Marujo*, ou *Ali Babá e os Quarenta Ladrões* e *Aladim e o Gênio*, que só viriam a ganhar o mundo a partir do século XVIII, quando a primeira grande coletânea de narrativas orientais foi publicada.

As Mil e Uma Noites

A mais importante coletânea do fabulário oriental, *As Mil e Uma Noites*, deve ter sido completada em fins do século XV, mas só no início do século XVIII ficou conhecida no mundo ocidental, por meio da tradução francesa feita por Antoine Galland e publicada em 1704. Desde logo, alcançou o mais completo sucesso entre os leitores e nos salões elegantes, na França governada sob o mando do rei Sol.

Coincidentemente ou não, o momento era propício à fantasia extravagante e à magia das fadas. Perrault publica os *Contos da Mãe Gansa*, nos quais se redescobriram as fadas e o maravilhoso. Sua sobrinha, Mlle. L'Héritier, publica uma coletânea de narrativas maravilhosas em que vivem fadas, *Obras Misturadas* (1696). Seguem-nas *A Rainha das Fadas* (1698), de Preschac; e nos salões, os contos maravilhosos ou contos de fadas eram o grande sucesso, sendo mais tarde reunidos na coleção *Gabinete de Fadas* (1785): 41 volumes de vários autores, que marcam o fim dessa produção literária fantástica que coroou todo o século XVIII. (Coleção conservada atualmente na Biblioteca da Universidade da Califórnia – Los Angeles.)

Foi nesse clima que surgiu a coletânea *As Mil e Uma Noites*. Suas narrativas audaciosas falavam de um Oriente fabuloso e exótico, já desaparecido no tempo e preservado pela literatura.

Sem a intenção moralizante das narrativas exemplares (fábulas, apólogos...) que então circulavam nas cortes e entre o povo e sem a inverossimilhança dos "romances preciosos" (com heróis e heroínas mitológicos, naufrágios, pirataria, aventuras mirabolantes provocadas pela fúria dos deuses), *As Mil e Uma Noites* traduziam a malícia e o alegre imoralismo dos antigos *fabliaux* franceses.

Juntamente com a sedução do maravilhoso (metamorfoses, gênios, duendes, objetos mágicos, reversão do tempo, eliminação das leis naturais, exaltação do erotismo, beleza feérica...), as narrativas de *As Mil e Uma Noites* revelavam o mundo real e fascinante de uma civilização e cultura bem diferentes da cristã, tal como se consolidara durante a Era Clássica. A versão de Galland tem apenas 350 noites, mas foram suficientes para que o drama da princesa Sherazade e suas intermináveis estórias, contadas ao rei Schariar, passassem a fazer parte do cotidiano, nos alegres e cultos salões mundanos da época.

Sucesso que vem atravessando séculos e encantando povos das mais diferentes culturas, sem dúvida porque – para além da sedução das mil e uma aventuras – existe um importante eixo vital, em torno do qual se desenrolam: as *relações homem-mulher*, envolvendo *amor/morte/palavra* e visceralmente ligadas à *dúplice natureza* atribuída à mulher: fiel/infiel, pura/impura, entre outras. Recordemos o entrecho:

> O poderoso rei Schariar, que reinava sobre as ilhas da Índia e China, descobre que sua mulher o vinha traindo com os escravos negros e, para vingar-se, decide que dali em diante mataria suas jovens esposas na manhã seguinte à noite nupcial. Assim aconteceu durante três anos, até que já não havia mais virgens no reino (porque haviam fugido ou sido mortas), e o Vizir, encarregado de escolher as noivas para o rei, já não sabia o que fazer. Mas sua filha mais nova, Sherazade, se oferece como noiva, garantindo que escaparia à morte, devido a um estratagema que poria em prática. Muito sábia, pois "havia lido as histórias e façanhas dos reis antigos e conhecia lendas dos povos longínquos, e possuía mais de mil livros de poetas, de povos antigos e de sua história", Sherazade, logo após ser possuída pelo rei, e para atender ao pedido da irmã (que fora convidada a lhes fazer companhia e ali ficara sentada ao pé da cama), começa a narrar "um conto para que passassem alegremente o resto da noite". E começa a contar a extraordinária "História do mercado e do Efrit", mas, antes que a manhã rompesse, interrompe o relato e promete que o continuaria na noite seguinte. Levado pela curiosidade de saber a continuação de tão empolgante história, o rei desiste de matá-la nessa manhã... Essa foi a primeira das mil e uma noites, nas quais Sherazade conseguiu sobreviver, graças à palavra sábia e à curiosidade do rei. Ao fim desse tempo, Sherazade já havia tido três filhos e, na milésima

primeira noite, consegue o perdão definitivo do rei: "Sherazade, por Alá, eu já te havia perdoado, mesmo antes de chegarem estes meninos, porque és casta, sincera e pura. Que Alá bendiga, também, a teu pai, a tua mãe, a tua estirpe e a tua descendência. Tomo Alá por testemunha, para que afaste de ti o mal". Ela, então, louca de alegria, beijou-lhes as mãos e os pés e acrescentou: "Que Alá te conserve em vida, que aumente o teu prestígio e tua dignidade".

Como vemos, o *amor e a morte* são as forças polares que a *palavra narrativa* mantém equilibradas. Foi pela fala, pelo narrar, que Sherazade se manteve viva, e com isso identificou a *palavra com um ato vital.*

Embora nascidas no Oriente e fiéis aos seus costumes e a suas visões do mundo, bem diferentes da visão ocidental, as histórias contadas por Sherazade se tornaram universais, porque *enraizadas na natureza humana* e suas necessidades básicas de sobrevivência física e de realização econômica, social e afetiva. Por meio de uma ótica agudamente crítica e satírica, são denunciados os grandes vícios ou erros que perturbam a harmonia do mundo (o impulso para o fazer e o saber, o desejo de descoberta do novo, a generosidade, o amor...). Entre os contos que se tornaram independentes e mais se difundiram (transformados em contos infantis) estão: *Aladim e a Lâmpada Maravilhosa*; *As Aventuras de Simbad, o Marujo*; *Ali Babá e os Quarenta Ladrões*; *O Burro, O Boi e o Lavrador*; *O Mercador e o Gênio...*

Um Auto-de-Fé

A difusão de *As Mil e Uma Noites* pelo mundo todo passou por numerosas vicissitudes e sucessos. Mas não podemos deixar de registrar aqui uma das últimas vicissitudes: o auto-de-fé de que foi objeto em junho de 1985, quando doutores do Islão, mulás, imanes e outros fanáticos religiosos, defensores da "pureza" islâmica, fizeram um grande incêndio de livros no Cairo. Nele foram queimados cerca de 3.000 exemplares desse fabuloso livro. Diante desse ato terrível, uma interrogação é inevitável: por que déspotas laicos ou religiosos detestam a literatura, a poesia, os contos de fadas? Que podem temer de escritos aparentemente tão inócuos? Será porque os ditadores –

como os selvagens redutores de cabeças (com a diferença de que estes se reduzem para usá-las como troféus de vitória e de autorrealização) – *querem cabeças e almas vazias*, para mais facilmente escravizá-las?

Daí tentarem (por meios sutis ou violentos) *esvaziar as mentes*, extirpar delas o imaginário, alimentado pela força do pensar e de ver o mundo de maneira crítica – forças interiores capazes de se oporem às arbitrariedades e às injustiças dos poderes egoísticos. (O atual Quarto Poder – o das Multimídias – não estaria exercendo tal esvaziamento da mente crítica?)

A FONTE LATINA E O AMÁLGAMA CULTURAL DA IDADE MÉDIA

As fontes latinas (greco-romanas) vão ser descobertas e fundidas com outras durante o longo período da Idade Média – os mil anos que mediaram desde a Queda do Império Romano (século V) até o Renascimento (século XV), início dos Tempos Modernos. Foi durante esse milênio, chamado durante muito tempo de "idade das trevas", que a civilização *pagã*, engendrada na Antiguidade Clássica (Grécia e Roma), foi assimilada pela civilização *cristã*, que levou séculos para se impor, primeiro aos romanos (século IV d.C.) e depois a todo o mundo ocidental, predominando sobre todas as religiões primitivas.

Nesses dez séculos medievais, realiza-se o grande amálgama cultural que prepara os Tempos Modernos. Como em um cadinho de alquimia, foram se fundindo, aquecidos pelo fogo espiritualista cristão: a vitalidade rude, a violência instintiva e a força-trabalho dos bárbaros com os valores civilizadores da Antiguidade Greco-Romana, cuja cultura havia permanecido nos numerosos escritos, escondidos nos conventos, que resistiram às invasões bárbaras e foram preservados pelos primitivos padres da Igreja.

Por meio desses manuscritos – pacientemente copiados ou traduzidos para o latim pelos monges – e das narrativas transmitidas oralmente por peregrinos ou viajantes, que as levavam de terra em terra, é que a *herança latina* começou a se difundir por todo o mundo ocidental. Com a *força da religião* como instrumento civilizador, é de compreender o caráter moralizante, didático, sentencioso que marca a maior parte da literatura que surge nesse período e se funde com a de raízes orientais.

Os contos maravilhosos

Não é difícil imaginarmos o que terá sido a violência do convívio humano nesse período medieval, quando forças selvagens, opostas e poderosas, se chocam, lutando pelo poder. Marcas dessa violência ficaram impressas em muitas das narrativas maravilhosas que nasceram nessa época. Ao analisar as relações da história com a natureza dos contos maravilhosos que surgem durante a Idade Média, o historiador Walkenaer registra:

> Depois do grande abalo que deixara no mundo o vácuo pela queda do Império Romano, os povos da Germânia e da Cítia europeia precipitaram-se sobre o grande colosso derrubado. Entre as tribos nômades do norte da Ásia, os tártaros, não podendo ser detidos, saíram de seus desertos e durante os séculos da Idade Média não cessaram de atacar os Estados mais poderosos. Sob o comando de Gêngis Khan e de Tamerlão, fundaram os mais vastos impérios. Grandes carnificinas, crueldades inauditas tornaram memoráveis estas prodigiosas revoluções. Os tártaros penetraram nas partes orientais da Europa e fundaram a Rússia. [...] Daí incursionaram pela Alemanha, Itália e França. Os mais antigos e cruéis destes devastadores tornaram-se os mais célebres. Como os *Oigours*, os primitivos húngaros que se tornaram os terríveis "ogros" (ou ogres) dos contos de fadas: entes ferozes que devoravam crianças e gostavam de carne humana. Figura ameaçadora que com o tempo transforma-se no bicho-papão dos contos infantis (apud T. BRAGA, 1914).

Houve também "ogressas", mulheres terríveis, como Melusina, que aparece nas novelas de cavalaria. Nessas narrativas medievais, nascem também os *courrils* (ou coouros), diabos malignos que gostavam de dançar. As mulheres que dormiam com eles eram chamadas de *encoouradas*. Torna-se famoso o Lobo Wargus, tipo sanguinário que, em noites de lua cheia, transformava-se no Lobisomem.

Nos contos populares medievais, o mundo feudal está representado em toda sua crueza: o marido que brutaliza a esposa (*Grisélidis*);

o pai que deseja a própria filha (*Pele de Asno*); as grandes fomes que levavam os pais a abandorarem seus filhos na floresta (*João e Maria*); a antropofagia de certos povos, que se transforma no gigante comedor de crianças (*João e o Pé de Feijão*); entre outros. A violência e crueldade desses contos medievais, ao serem adaptados para crianças, por Perrault e pelos Grimm, foram "suavizadas", isto é, expurgadas da grande carga de violência dos textos ancestrais. As pesquisas chegaram às principais fontes desses contos, cuja primeira coletânea foi a de Perrault, no século XVII.

Chapeuzinho Vermelho é de origem incerta. O tema é antiquíssimo e aparece em vários folclores. Sua célula originária estaria no mito grego de Cronos, que engole os filhos, os quais, de modo miraculoso, conseguem sair de seu estômago e o enche de pedras. Exatamente o final escolhido pelos Irmãos Grimm. Tal tema é encontrado ainda em uma fábula latina do século XI, *Fecunda Ratis*, que conta a estória de uma menina com um capuz vermelho, devorada por lobos, escapando milagrosamente e enchendo-lhe a barriga de pedras.

No Brasil, há uma versão na tradição oral do Espírito Santo.

A Bela Adormecida é tema conhecido no *Anciennes Chroniques d'Anglaterre: Faits et Gestes du Roy Perceforest et des Chevaliers du Franc Palais*. Dessa coletânea, circulou na Europa um original latino, datado do século XIII, contendo um episódio romanesco semelhante ao da *Bela Adormecida*: O cavaleiro Troylus e a bela Zellandine adormecida.

No folclore do Brasil há *A Princesa do Sono sem Fim*, cujo final é fiel à versão de Perrault. Em Portugal, entre os contos folclóricos, aparece como *A Saia de Esquilhas*.

Barba Azul teria sua célula original na lenda do tesouro de Ixion, da mitologia grega, onde se narra que Ixion, rei da Tessália, desposou Dia depois de ter lhe feito promessas de grandes presentes e, principalmente, de um tesouro oculto. Mas, depois do casamento, quando ela reclamou o presente, Ixion negou-se a dá-lo e, enraivecido, atirou-a numa fossa cheia de carvões acessos. Por esse e outros crimes, como a violentação de Hera, foi condenado ao Tártaro, onde ficou para sempre atado a uma roda de fogo.

Como os textos da Antiguidade Clássica começam a circular e a se fundir com outras narrativas de diversas procedências, é de compreender as alterações que se tenham processado, a ponto de torná-las irreconhecíveis.

Henrique do Topete é apontado como uma variante do conto *A Bela e a Fera* e ambos teriam como ancestral um conto oriental registrado por Straparola em suas *XIII Piacevoli notte*: o episódio do Príncipe Porco e as Três Irmãs – depois de matar duas na noite do casamento, casa com a terceira, que consegue desencantá-lo, rasga sua pele e de dentro sai um maravilhoso jovem... Com esse mesmo tema, há no *Pantschatantra* a estória de uma princesa casada com um príncipe-serpente que também acaba desencantado. Essa lenda está registrada em Portugal, no *Nobiliário do Conde Dom Pedro* (século XIV). É tido ainda como ancestral desse tema o mito latino *Psyché e Cupido*, de Apuleio.

No folclore mineiro há uma versão de *A Bela e a Fera* que, conforme Câmara Cascudo, é das mais completas.

A *Cinderela* ou *A Gata Borralheira* tem um ancestral em *La Gata Ceneréntola*, registrado por Basile (*Pentameron*), no qual há a transfiguração da moça feia em bela. O tema da metamorfose da feiúra em beleza é bastante antigo e aparece em numerosas narrativas. Em Straparola (*Piacevoli*) há o caso de Biancabella, moça transformada em cobra que retoma a forma humana e linda depois de um banho de leite e orvalho dado por sua irmã. Ainda no folclore italiano, podemos citar *O Rei e seus Três Filhos*, no qual aparece uma princesa transformada em rã.

No folclore brasileiro aparece como *A Princesa Serpente* e, em Portugal, como *A Filha do Mouro*.

Pele de Asno, retirada de um *fabliau*, tem um ancestral em Straparola, que registra o caso de amor incestuoso, que, por sua vez, deriva de uma fonte oriental.

As origens de *O Pequeno Polegar* são incertas. É tema presente em praticamente todos os folclores do mundo. Corresponde à tradição milenar de um ser minúsculo, nascido de maneira milagrosa ou estranha e de grande auxílio aos pais, apesar de sua pequenez e fragilidade. Os motivos básicos dessa estória são: floresta onde as crianças são abandonadas; o papão ou ogre, gigante canibal que ameaça devorá-las e acaba devorando seus próprios filhos; a troca dos gorros; a bota de 7 léguas... É tema que aparece fundido com o das *Crianças e a Feiticeira*, nas versões de *Joãozinho e Maria*, em que vários motivos de *O Pequeno Polegar* aparecem. Essa contaminação ou fusão de temas é comuníssima na literatura popular.

No folclore brasileiro aparece com o mesmo título. Em Portugal, tem várias versões: *O Afilhado de Santo Antonio, Manuel Feijão e Grão de Milho*.

Grisélidis, retirado por Perrault dos *fabliaux* franceses, já constava do *Decameron* (século XIV) de Boccaccio e das *Histórias de Proveito e Exemplo de Trancoso*, como *Constância de Grizela*. Não consta no folclore brasileiro. Em Portugal, aparece como *Princesa Carlota*.

O Gato de Botas é de origem incerta, mas muito popular, pois aparece no folclore de quase todas as nações. Antes de Perrault, constava na coletânea de Basile, *Conto dos Contos* (Itália, século XVI), no episódio "Cogluso", contando a aventura do gato astuto e amoral que consegue fazer de seu amo, pobre e tolo, um marquês que se casa com uma princesa. Na época, Perrault foi acusado de corromper a juventude com esse elogio da esperteza desonesta. Até hoje se pergunta por que *O Gato de Botas* continua a fazer parte das coleções infantis, uma vez que nele é feito o elogio da desonestidade para se vencer na vida. Talvez seja por que esse comportamento se tornou o grande modelo dos nossos tempos... o tempo do "vale-tudo". Ou será por que só com esperteza os desvalidos podem escapar da injusta opressão dos poderosos, constituída em sistema?

As fábulas

Paralelamente aos contos maravilhosos, na Idade Média começam a circular as fábulas gregas de Esopo e as latinas de Fedro. Eram narradas em versos e em língua "romance" (a língua foi apenas falada durante o longo tempo intermédio entre o latim – língua geral – e o surgimento das novas línguas modernas: francês, italiano, português, entre outras).

Entre as diversas coletâneas de fábulas medievais – e que se tornaram fonte de todo um caudal de narrativas populares –, estão *Os Isopetes* (*O Romance da Raposa*). São fábulas satíricas em que a Raposa é personagem central. São 27 fábulas com as peripécias da Raposa em luta contra o lobo Ysengrin. Nelas, o mundo dos animais está organizado à imagem da sociedade francesa do tempo e toda sua arte consiste em parodiar a comédia humana. Uma arte que La Fontaine, alguns séculos depois, iria retomar e à qual daria forma definitiva, chamando a atenção para a natureza exemplar dessas pequenas "histórias de animais" que prefiguram os homens. Na apresentação de sua primeira coletânea, *Fábulas* (1668), ele diz:

> Sirvo-me de animais para instruir os homens.
> [...]
> Procuro tornar o vício, ridículo.
> Por não poder atacá-lo com braço de Hércules.
> [...]
> Algumas vezes oponho, através de uma dupla imagem,
> O vício à virtude, a tolice ao bom senso.
> [...]
> Uma moral nua provoca o tédio:
> O conto faz passar o preceito com ele.
> Nessa espécie de fingimento, é preciso instruir e agradar,
> Pois, contar por contar, me parece coisa de pouca monta.

Nestes últimos versos, La Fontaine toca no ponto vital de toda literatura autêntica e não só da fábula: sua leitura deve dar prazer e, ao mesmo tempo, dar alguma lição de vida. Assim acontece com as fábulas, que vêm da origem dos tempos e continuam correndo o mundo: *A Cigarra e a Formiga* (o eterno confronto entre prazer e dever), *O Lobo e o Cordeiro* (o poder do explorador forte contra o fraco), *A Raposa e as uvas* (o desdenhar daquilo que não se pode alcançar), dentre outras.

Os Livros Exemplares

Disciplina clericalis

Importante mediadora entre as fontes orientais e a prosa novelesca que se forja na Idade Média. Foi escrita pelo judeu converso Pedro Alfonso, que, no século XII, traduziu para o latim bárbaro cerca de 30 fábulas ou contos retirados de *Calila e Dimna*. São narrativas repassadas de moralidades e com episódios divertidos que, mais tarde, aparecerão em outras coletâneas, tais como o do engenhoso depósito dos tonéis de azeite; o do ladrão, que se atira do telhado acreditando que, por arte mágica, seria amparado por um raio de lua; a fábula da avezinha que, com sábias palavras, se livra das mãos do rústico; o famoso episódio das cabras (que Sancho Pança iria contar a D. Quixote e que Molière aproveitaria na farsa de *George Dandin*), entre outras.

O Livro das Maravilhas

De larga divulgação como modelo literário para a novelística popular dos séculos XIV e XV, foi a obra de Raimundo Lúlio, beato, alquimista e escritor catalão que viveu no fim do século XIII.

O Livro de Petrônio ou O Conde Lucanor

Obra de maior perfeição da arte narrativa medieval, foi escrita por Dom Juan Manuel, em 1335, e marca um momento decisivo na prosa literária ibérica. Vários de seus episódios foram assimilados pela literatura popular e folclórica.

O Livro de Exemplos

Coleção de mais de trezentos contos, *O Livro de Exemplos* foi escrito na Espanha do século XIV, por Clemente Sanchez. Sua estrutura narrativa, de tradição medieval, mostra a derivação do modelo *O Conde Lucanor*. Teve larga difusão entre o povo, em virtude da exemplaridade de seus relatos.

O Livro dos Gatos

Obra anônima que circulou também no século XIV e de tradição medieval. Consta de 58 fábulas em que gatos e outros animais são as personagens e seguem uma linha satírica bastante rude. Segundo a crítica, trata-se, no geral, de uma sátira contra os ricos tiranos, ladrões e opressores do povo; contra a venalidade dos alcaides e agentes reais ou contra os vícios do clero secular.

As novelas de cavalaria

Entre as formas inaugurais que maior fortuna tiveram, como fonte de novas criações literárias, está a novela de cavalaria. Surgiu entre os séculos XI e XIV, transformando-se em um dos gêneros literários mais importantes da Idade Média. Suas raízes estão na Ordem da Cavalaria, fundada na França, no século XI, por uma elite de nobres cristãos que, obedecendo a um rígido código de honra de heroísmo físico e espiritual, dedicavam suas vidas a combater os "infiéis", os povos bárbaros que invadiram a Europa à medida que o Império Romano se enfraqueceu e acabou sendo destruído. Guerra, religião e alta devoção eram os paradigmas fundantes dessa nova classe política e religiosa: a da Ordem da Cavalaria à qual apenas a nobreza feudal podia pertencer e receber o título de Cavaleiro, cuja formação exigia um difícil e prolongado período de aprendizado da arte de montar e de fortalecimento espiritual. A sagração de Cavaleiro obedecia a um longo ritual, com vigílias, jejuns, orações, e era considerada um segundo batismo. No final da sagração, o sacerdote benzia a espada e lembrava ao Cavaleiro que ele devia estar sempre a serviço da Igreja em guerras santas, como foram as Cruzadas, e em defesa das viúvas, dos órfãos ou desvalidos, contra a "crueldade dos pagãos".

As façanhas dos Cavaleiros (reais ou inventadas) engendraram um caudal de poemas épicos e centenas de novelas de cavalaria. Este gênero, embora não tenha tido origem no Oriente, nem em fontes greco-romanas, apresenta, em meio a seu caudaloso acervo, muitos rastros daquelas primeiras fontes.

Como registra Menendez Pelayo:

A literatura cavaleiresca nasceu das entranhas da Idade Média e resultou de um prolongamento ou degeneração da primitiva poesia épica, que teve seu foco principal na França e daí irradiou para as demais regiões (MENEN-DEZ PELAYO, 1943).

No início destinada ao entretenimento de um público culto e aristo-crático, com os séculos transformou-se em literatura popular, integrada no folclore de povos europeus e americanos. Fusão de antigos poemas épicos e antigos mitos gregos com lendas célticas e bretãs (evidentemente reinventados pela imaginação dos jograis ou contadores de histórias que percorriam as cortes), as novelas de cavalaria se desdobram em complexas narrativas romanescas, desordenadas e por vezes incoerentes, de caráter guerreiro ou amoroso, com episódios independentes que saem uns dos outros, como é o caso de *A Vida do Terrível Roberto Diabo*; *A Imperatriz Porcina*; *A Princesa Cativa*; *Carlos Magno e os Doze Pares de França*, entre outros. No panorama literário da Idade Média, essa caótica matéria no-velesca foi classificada em três ciclos sucessivos: o carolíngeo, o bizantino e o céltico-bretão.

Ciclo carolíngeo (século XI)

Sua primeira célula é apontada nas canções de gesta (*gesta*, em latim = registro histórico) que surgem na França no século XI: narrativas em verso que têm como tema o *ideal guerreiro* dominante no início da Idade Média e cujo grande símbolo é Carlos Magno, imperador dos francos, o qual, com o apoio da Igreja Católica Romana, fundou o Novo Império Ocidental (século IX), combateu os bárbaros e se transformou em baluarte da resistência cristã na Europa. Os heróis mais conhecidos desse ciclo são: Carlos Magno, Oliveiros, Roldão e os Doze Pares de França. O mais famoso título desse ciclo é *Canção de Rolando*, que, em diferentes versões, correu o mundo todo, sendo até mesmo transformado em literatura de cordel, no Brasil: *História do Imperador Carlos Magno, Roldão no Leão de Ouro, A Prisão de Oliveiros...*

Ciclo bizantino (século XII)

Novelas de matéria *política e amorosa*, engendradas pelo choque de culturas que, ao longo de séculos, ocorre entre os invasores árabes "infiéis" e os derrotados cristãos, em regiões do imenso Império Bi-zantino (fundado no século IV por Constantino para ser uma Nova Roma, baluarte do Cristianismo, que, em 1453, cai definitivamente sob o poder de Maomé II).

Assim, as novelas bizantinas expressam um complexo entrelaçamento de aventuras prodigiosas, por mar e terra, com cruentas guerras, naufrágios, escravização de pessoas gradas ou grandes dramas de amores proibidos entre infiéis e cristãos. Sua grande influência é a alta cultura árabe e sua literatura. Uma das mais famosas novelas desse ciclo é *Florius e Brancaflor* (século XII), na qual se narra o amor puro e indestrutível que, desde a infância, uniu Florius, filho de um rei muçulmano, e Brancaflor, filha de uma escrava cristã. A efabulação decorre entre os mil interditos que separam os enamorados, incluindo longas peregrinações feitas pelo príncipe; aprisionamento de Brancaflor na torre do palácio de um emir; a condenação dos amantes à fogueira; a fuga de ambos por intervenção divina e mil outros acontecimentos, que se sucedem na estrutura labiríntica própria de tais novelas.

Fundidas com fragmentos de outros ciclos, as novelas bizantinas perduram até hoje como literatura folclórica. No Brasil, Câmara Cascudo localizou os folhetos de cordel: *Donzela Teodora*; *Princesa Magalona*; *Imperatriz Porcina*, e outros.

Ciclo céltico-bretão (século XII)

Novelas romanescas de origem híbrida: fusão de *fontes medievais europeias* (ligadas à Ordem da Cavalaria, seus valores de heroísmo e lutas pela fé) e de *fontes célticas e bretãs* (ligadas ao mundo da magia e da espiritualidade). Novelas que se tecem com amores fatais e com aventuras bélicas e místicas vividas pelos cavaleiros fiéis ao Rei Artur, grande rei da Bretanha e fundador da Ordem dos Cavaleiros da Távola Redonda. Esse ciclo novelesco é conhecido também como "ciclo arturiano". Lancelot, Galaaz, Percival, Florian, Amadis, Tristão são alguns dos cavaleiros andantes, cujas proezas sobre-humanas e suas muito amadas damas (Oriana, Viviana, Morgana, Magalona, Melusina) correram o mundo em centenas e centenas de livros, fundindo-se com episódios novelescos de outras fontes, também circulantes na Europa e nas Américas. (Neste limiar do século XXI, essas "novelas arturianas" estão de volta, invadindo o mercado editorial na forma de atraentes adaptações.)

Nas novelas arturianas, fundem-se dois ideais espiritualizantes: os códigos éticos da Cavalaria, que exigiam destemor e grandeza de alma, e os do Amor Cortês, que exigia autodoação absoluta à Amada e superior grandeza de alma. Este último tem raízes celtas e bretãs.

Fonte céltico-bretã (século XII)

Simultaneamente à expansão das fontes orientais e greco-romanas – e no rastro de grandes invasões dos bárbaros, durante a Antiguidade e Baixa Idade Média –, infiltra-se na Gália, Bretanha e Provença a cultura espiritualizante dos celtas, povo de língua indo-europeia que, por volta de dois mil anos a.C., se espalhou por toda a Europa e parte do Oriente Médio. Os celtas nunca chegaram a construir impérios ou reinos, mas, em razão da força de sua cultura, exerceram grande influência no espírito dos povos com quem conviveram.

Foi pelo encontro da espiritualidade misteriosa dos celtas com a cultura bretã e germânica que, nas cortes da Bretanha, França e Germânia, as novelas de cavalaria se "espiritualizaram" (ciclo arturiano); surgiram os romances corteses, o mito do "filtro do amor" (tomado por Tristão e Isolda); as baladas, os lais (cantigas de amores trágicos e eternos) e as histórias de encantamento, bruxedos e magias, que, com os séculos e por longos e emaranhados caminhos, se popularizaram e se transformaram nos contos de fadas da Literatura Infantil Clássica.

Quando poderíamos imaginar que *Rapunzel*, *A Bela Adormecida*, *O Pássaro Azul*, *A Princesa de Cabelos de Ouro* e tantos outros contos infantis tivessem nascido dessa literatura culta, engendrada por altos ideais e valores consagrados por uma civilização da qual somos herdeiros? Civilização que, hoje, parece tão longe de nós, no tempo... São as surpresas que as pesquisas nos revelam.

Mas voltemos à fonte céltico-bretã.

Evidentemente, a passagem do *real* para o *imaginário* não se fez do dia para a noite. Da existência histórica dos celtas para o surgimento dos romances e narrativas maravilhosas dos bretões (células primeiras dos contos de fadas), houve longo tempo, durante o qual atuou a tendência para a *fantasia* e para o *mistério*, característica do espírito céltico.

Atribui-se a primeira explosão do gênio literário bretão durante o longo período bélico e heróico em que celtas e bretões, juntos, fizeram frente aos invasores saxônicos – período esse dominado pela figura histórico-lendária do rei Artur, vencedor dos saxões.

Para não nos perdermos nesse novo emaranhado de dados históricos, lendários e literários, comecemos puxando os fios que ficam entre a história e a lenda, os textos-fontes: *Beowulf* e *Mabinogion*.

O Beowulf (século VII)

Expresso em língua anglo-saxã e originário das Ilhas Britânicas, onde surge em meados do século VII, o poema *Beowulf* é considerado, ao lado das sagas escandinavas, um dos mais belos e importantes textos épicos da Europa anglo-saxã e nórdica. Sua matéria histórica foi filtrada pela ótica mítica ou maravilhosa. A trama de *Beowulf* se passa na Dinamarca, no século VI, em terras do rei nórdico Hygelac, com as aventuras vividas por seu sobrinho, Beowulf, que passou da História para a Lenda como modelo do perfeito cavaleiro.

O argumento abrange duas grandes façanhas do herói Beowulf: vence, numa luta de morte, o gigante antropófago Grendel – ocasião em que é ferido de morte e é curado por uma misteriosa mulher, que desaparece logo depois; cinquenta anos depois, mata, em terrível luta, o dragão que vomita fogo. No poema predominam o maravilhoso sombrio e ameaçador das terras nórdicas e a força poderosa de homens e monstros, que parece igualar-se a deuses. Em *Beowulf*, a plenitude de herói já é atribuída a forças interiores e misteriosas. Nesse poema ainda não aparece o Amor, com o poder realizador/destruidor que os celtas e bretões lhe atribuíam e que aparece nos *Mabinogion*.

Os Mabinogion (século IX)

Expressos em língua gaulesa, os *Mabinogion* constituem quatro poemas narrativos surgidos por volta do século IX e pertencem àquela fronteira entre real e imaginário, na qual nasceram os textos-fontes da narrativa maravilhosa. Neles aparecem as fadas e, ao mesmo tempo, dá-se a passagem das aventuras arturianas da História para a Lenda. Os *Mabinogion* estão entre os mais antigos documentos da poesia primitiva céltico-gaulesa, que estão na origem da matéria bretã das novelas de cavalaria do ciclo do rei Artur.

Esses poemas são relatos fantásticos – nutridos de lendas, feiticeiras, fadas, seres sobrenaturais, florestas encantadas, lagos, pântanos, castelos ou montanhas misteriosas, espectros –, em meio aos quais acontecem as fabulosas aventuras do rei Artur e seus Cavaleiros. Em um desses relatos, *Kulewch e Olwen*, o cavaleiro Kulewch conquista a bela Olwen com a ajuda de meios "mágicos", precursores do "filtro do amor" do mito *Tristão e Isolda*. Dessa primitiva coletânea sairão os *lais* bretões, alimentados por essa "nova e misteriosa imaginação". De acordo com Menendez Pelayo:

> O mundo clássico greco-romano não conhecera nada igual. Nem tampouco o conhecia o mundo germânico, que engendrou a epopeia heroica das canções de gesta. Nos celtas estariam, pois, as raízes desse novo espírito mágico, sensual-místico e etéreo, que mais tarde se vai fundir de maneira perfeita com o espírito do Cristianismo nas novelas do ciclo do Graal, criação medieva (MENENDEZ PELAYO, 1943).

Porém, séculos se passaram antes que tal fenômeno se concluísse e que dos primitivos poemas celtas do século IX surgissem os *lais* bretões e estes, por meio da grande mediadora que foi a França, se divulgassem na Europa, acabando por se integrar na estrutura novelística do ciclo arturiano. O sucesso de público dessas novelas vai-se manter até o início do século XVIII, quando os ventos da História já eram outros, e Cervantes, pretendendo satirizar a decadência do gênero, escreveu uma das obras-primas da novelística universal, *Don Quijote de La Mancha* (1605).

DOS LAIS BRETÕES AOS CONTOS DE FADAS

A MATÉRIA BRETÃ E A FRANÇA

nesse longo processo de transformação e de migração da matéria novelesca bretã para o mundo todo, a França desempenhou papel vital. No século XII, na corte de Luís VII e por influência da rainha Alienor D'Aquitânia, um novo clima, menos rude, mais cortês e mais culto, começa a se impor entre os cortesãos, a exemplo do que já se difundia na refinada convivência dos castelos do sul, na Provença, onde os trovadores começavam a cantar uma nova espécie de amor: o "Amor Cortês".

Neta de Guilherme de Poitiers, o mais antigo dos trovadores provençais, Alienor é uma apaixonada das artes e se torna protetora de poetas e artistas, atraindo à sua volta uma sociedade refinada e culta. Seu exemplo, no incentivo à cultura e às artes em geral, é seguido, mais tarde, por sua filha Marie de France, que passou à história como primeira poeta francesa.

Em 1152, por motivos políticos, a rainha Alienor é repudiada por Luís VII, o Jovem, e se casa com Henrique II, o Plantageneta, tornando-se rainha da Inglaterra, para cuja corte leva a sua paixão pelas artes e pela cultura. A seu pedido, em 1155, o monge anglo-normando Wace se entrega ao difícil trabalho de traduzir para o francês *A História dos Reis de Bretanha*, escrita em latim, em 1135, por G. Monmouth, que, por sua vez, se baseara na *História dos Bretões*, escrita no século VIII por Nennius. A tradução francesa leva o título de *Romance de Brut* – relato complexo que começa com as origens troianas dos príncipes bretões e dá amplo espaço ao romanesco feérico das aventuras do rei Artur e seus Cavaleiros, em meio a fatos fabulosos, nos quais aparece a fada Viviana, a Dama do Lago, no episódio em que encontra um menino abandonado e o acolhe, criando-o como filho, que depois se transforma no cavaleiro Lancelote.

Entre as aventuras, aparece a figura histórica do sábio Ambrósio, grande mestre de Astrologia, que teria influência para que o rei Artur fundasse a Ordem de Cavalaria da Távola Redonda. Figura misteriosa que, na sequência de outras novelas, é absorvida pela lendária figura do mago Merlin, forte personagem das novelas arturianas e que teria fundado com o rei uma ordem druida (casta sacerdotal celta) de caráter mais literário que religioso. Trata-se do mesmo Merlin que, já velho, é seduzido e enganado pela fada Viviana, a Dama do Lago (lenda que Walter Scott aproveitará em seus romances históricos, no início do Romantismo do século XIX).

MARIE DE FRANCE E OS LAIS BRETÕES

Acompanhando sua mãe, que se tornara rainha da Inglaterra, Marie de France, ainda menina, muda-se para a corte britânica. Lá, completa sua educação e, com os trovadores da corte, passa a conviver com essa literatura de matéria bretã, impregnada pela magia sonhadora dos celtas. Apaixona-se pela magia histórico-fantasiosa dos *lais bretões*, que cantam os feitos do rei Artur, seu refinamento, seus cavaleiros e suas damas enfeitiçadas. Quando, casada com o conde Henri I, volta para a França, faz de sua corte em Champagne um centro de irradiação cultural e se torna ela própria uma das mais importantes divulgadoras da matéria bretã, criando os lais que levam seu nome: *Lais de Marie de France*.

Neles se expressa uma nova visão da mulher, do amor e de um mundo misterioso, em que os objetos têm vida, as fadas e os magos reinam, os animais falam, os homens transformam-se em animais, os heróis realizam feitos sobre-humanos e no qual existem os "filtros do amor". Contra a brutalidade dos tempos medievais, iniciava-se uma época de tendência humanizante e espiritualizada.

Hoje, os *Lais de Marie de France* são reconhecidos como expressão das células líricas das novelas arturianas e de muitos contos de fadas que se tornaram famosos. Estão entre os textos arcaicos que cumpriram a tarefa de divulgar o espírito céltico-bretão para as demais regiões da Europa e de auxiliar a fusão do antigo paganismo com o espírito cristão.

Sem dúvida, a rápida e enorme difusão que tiveram tais poemas – e também os muitos episódios das novelas arturianas transformados em romances independentes – pode ser explicada pela atmosfera idealizante, então gerada pelo novo conceito de Amor, que surgia nas cortes do sul da França e se difundia pela voz de trovadores e jograis, sob a forma de *Cantigas de Amor* (cantadas pelo homem para a Amada inacessível) e *Cantigas de Amigo* (canto atribuído à mulher e falando do amor carnal). Por meio da literatura, propagava-se o ideal do "Amor Cortês", cuja vivência era regida por um verdadeiro código de atitudes e emoções; Amor perseguido como o alto ideal de plena realização existencial do ser amante.

De acordo com Denis Rougemont:

> O início do século XII, com o pleno triunfo do "amor cortês" (que impôs um estilo às paixões), é a época em que começa o reino da Dama e que, na verdade, haveria de formar a alma do Ocidente e fixar definitivamente os traços de sua cultura (D. ROUGEMONT, 1968).

Nessa época, e ainda na corte de Marie de France, o clérigo André--o-Capelão escreveu em latim o *Tratado do Amor*, verdadeiro código do "Amor Cortês", que durante um século influenciaria as relações homem-mulher nas cortes europeias. Entre as regras ali fixadas, estão:

1. O Cavaleiro deve pôr sua honra e valentia a "serviço do amor" e prestar "vassalagem" à Dama como prestaria ao Soberano.

2. Para agradar à Dama, o Cavaleiro deve buscar a própria perfeição (valentia, argúcia, elegância e nobreza).

3. A Dama enobrece o Cavaleiro ao pedir que ele se submeta a duras provas, para merecer seu amor.

4. O Amor que pode levar o Cavaleiro a agir contra a razão, por vezes, contra a honra, é também fonte de toda virtude.

5. O Cavaleiro precisa aprender a amar e sofrer em silêncio, com discrição, diante da Dama, que, apesar de cortejada, permanece altiva e inacessível.

6. A beleza e a perfeição da Dama amada são cantadas como supremas e insuperáveis: são tão absolutas que o Cavaleiro se sente emudecer ao querer cantá-la.

7. Os Cavaleiros devem lembrar que a verdadeira nobreza é a dos costumes e das maneiras, que vale infinitamente mais do que a nobreza de nascimento.

8. O exercício do Amor melhora o homem e a mulher, e os obstáculos encontrados só fazem exaltar-lhes a nobreza e o valor.

O Tratado do Amor, de André-o-Capelão, é um dos testemunhos do Reino da Dama, que predominou nas cortes europeias no século XII, época de apogeu do movimento de espiritualização difundido pela Igreja. Leia-se um fragmento desse tratado e esse fenômeno se evidencia:

> Tenho como certo que todos os bens da vida nos são dados por Deus, para fazer a nossa vontade e a das damas. É evidente, para minha razão, que os homens não são nada e incapazes de beber na fonte do bem, se não estão transformados pelas mulheres. Contudo, estando as mulheres na origem de todo o bem, e tendo-lhes Deus dado tão grande prerrogativa, é preciso que apareçam de forma que a virtude dos que praticam o bem incite os outros a fazer o mesmo. [...] É manifesto que todos devem se esforçar por servir as damas, para que possam ser iluminados pela sua graça; e elas devem fazer quanto possam para que o coração dos bons pratique boas ações. [...] Porque todo o bem feito pelos seres vivos é feito por amor às mulheres, para ser louvado por elas e poder sentir orgulho dos dons que elas concedem, sem os quais nada é feito nesta vida que seja digno de elogio (apud R. PERNOUD, 1984).

Nas raízes desse novo espírito amoroso, vê-se uma coincidência de atitudes espirituais: a religiosidade *mágica* dos celtas (com suas mulheres sobrenaturais e suas fadas) e a religiosidade cristã (simbolizada no culto da Virgem Maria), ambas convergindo para a valorização da mulher. É desse espírito que se alimentam os mais conhecidos *Lais de Marie de France*.

Lai de Fresno (Grisélidis)

Conta a história das provas cruéis a que o Marquês de Saluces submeteu sua jovem esposa, Grisélidis, filha de um pobre camponês, a fim de testar seu amor e sua dedicação por ele. Tirou-lhe os filhos, repudiou-a, devolvendo-a à casa dos pais. Depois recebeu-a de novo como escrava da princesa com quem ele havia se casado. Grisélidis aceita, resignada, todas essa duras provas e, depois de todo o sofrimento, acaba sendo acolhida novamente pelo marquês como esposa amada.

Esse romance bretão, de raízes celtas, surgido no século XII (e posteriormente divulgado entre os fabliaux *franceses), expressa os esforços então desenvolvidos pela sociedade e pela Igreja para organizar a família dentro da ordem patriarcal, que acabou se impondo sobre a ordem matriarcal, que teria predominado no início dos tempos, em vários povos, entre eles, os celtas. A importância desse ideal patriarcal (que acabou fundamentando a sociedade cristã-burguesa de que somos herdeiros) é comprovada pelas dezenas de adaptações ou dramatizações de Grisélidis, que surgiram nos séculos posteriores em todas as nações europeias. No século XVII, Charles Perrault resgatou-a da memória popular e tornou-a leitura de sucesso nos salões elegantes da corte francesa. Posteriormente, incluiu-a na coletânea para crianças,* Contos da Mãe Gansa.

Lai de Laostic (Rouxinol)

Conta a história de amor entre um jovem barão, heróico e cortês, e uma Dama casada, que morava no castelo fronteiro ao seu... Como era impossível se encontrarem, pois a Dama estava sempre vigiada, limitavam-se a se contemplar, através da janela, onde cada qual ficava durante a madrugada. Interrogada pelo marido por que se levantava no meio da noite para ficar à janela, a Dama respondeu-lhe que sentia grande prazer em ouvir o rouxinol cantar. Enciumado e enraivecido, o marido mandou aprisionar o rouxinol e estrangulou-o na frente da Dama. Esta, desesperada por não poder mais aparecer na janela para contemplar seu amado, mandou a ele, como aviso, o rouxinol morto. Profundamente ferido em seu amor, o jovem barão mandou fazer um cofre em ouro e pedras preciosas, nele encerrou o rouxinol morto e, para o resto da vida, fez-se acompanhar do cofre, símbolo de seu amor eterno pela Dama.

A personalidade despótica, ciumenta e má do marido está presente em numerosas outras personagens de contos de fadas, como O Barba Azul, O Marido de Grisélidis *e outros.*

Lai d'Yonec

Um marido ciumento mantém sua esposa encerrada em uma torre, mas ela recebe a visita do Cavaleiro por quem está apaixonada, o qual entra pela janela, transformado em pássaro. O marido, descobrindo, espeta pontas de vidro em toda a volta da janela e o pássaro, ao sair, é mortalmente ferido. A Dama, seguindo seu rastro de sangue, chega a um magnífico castelo, onde encontra seu amado, cego e agonizante. Ele lhe dá um anel mágico que fará com que seu marido se esqueça de tudo; dá-lhe também sua espada, para que mais tarde ela a entregue ao filho de ambos, Yonec. Quando este cresce e se torna Cavaleiro, a Dama o conduz à tumba do verdadeiro pai, revela-lhe o segredo de seu nascimento, dá-lhe a espada da vingança e tomba morta. Yonec procura o marido ciumento e corta-lhe a cabeça.

Há nesses lais certas invariantes, que se repetem em muitos contos de fadas infantis: a jovem aprisionada na torre, para não viver o amor; o amante que, transformado em pássaro, consegue entrar na torre e amar a jovem; o estratagema dos cacos de vidro na janela, que fere o pássaro e deixa o amante cego; a morte... Leia-se Rapunzel, O Pássaro Azul, A Pena do Finist Fier Falcão *e outros.*

Lai de Bisclavaret (Lobisomem)

Um Cavaleiro, amigo do rei, casa-se com uma Dama da corte. Com o tempo, esta estranha o fato de que ele se ausente sempre durante três dias por mês. Curiosa, pergunta a causa ao marido e este acaba lhe confessando que em certas ocasiões ele se transforma em homem-lobo. Por uma artimanha, ela consegue que, em certa noite, ele não possa mais voltar à forma humana. Casa-se com outro, até que, certo dia, o rei acaba descobrindo essa traição e consegue desfazer o encanto, fazendo-o voltar à forma de homem e dando um castigo à mulher.

Bisclavaret é palavra celta que significa "homem-lobo" ou "lobisomem", personagem mítico muito presente em nossa literatura popular. Este lai tem como motivo a metamorfose em animal, muito frequente nos contos de fadas: A Bela e a Fera, O Rei Sapo *e outros.*

Lai de Perceforest

Narra a história de uma virgem que, em estado de inconsciência, é fecundada por um príncipe metamorfoseado em animal e dá à luz um menino. No século XVI, essa versão céltico-bretã vai aparecer como *História de Troylus* e da *Bela Zelandina* nas *Crônicas de Perceforest*.

Segundo os estudiosos, essa circunstância do "conceber e dar à luz em pureza, isto é, sem prazer e sem pecado" corresponderia ao período (séculos IX-X) em que a Igreja iniciava a espiritualização dos povos bárbaros europeus, criando o culto à Virgem Maria, "que concebeu sem pecado". No século XVII, Perrault recolhe da memória popular o conto A Bela e a Fera, *incluído na coletânea* Contos da Mãe Gansa. *Nessa versão, destinada às crianças, a bela desperta antes que a fera-príncipe faça amor com ela e assim reforça o dogma do "interdito ao sexo", consagrado, no século XVI, pelo Concílio de Trento.*

Lai de Guingamor

Aventura maravilhosa de um cavaleiro no País das Fadas, onde trezentos anos se passam como se fossem três dias. Motivo que aparece também em contos orientais e em romance cortês: a passagem do tempo em uma dimensão mágica, fora de nossa realidade conhecida.

Lai de Lanval

Aventura maravilhosa de um Cavaleiro amado por uma Fada, que acaba por levá-lo para sempre a seus domínios misteriosos. Esse motivo da mulher sobrenatural e sedutora aparece em numerosos episódios de novelas, poemas épicos e romances corteses. É essa a linhagem da Lorelei germânica, da Circe que atrai Ulisses, da Sereiazinha do conto de Andersen, da "Mãe d'água" do folclore brasileiro, entre outros.

Lai de Tidorel

Trata-se de uma variante do amor lendário de Lancelote, o Cavaleiro do Lago, pela rainha Ginevra, esposa do rei Artur. Nele temos a fusão de vários motivos presentes nas novelas arturianas: o "filtro do amor", acontecimentos mágicos e disputas de heroísmo entre cavaleiros.

Lai de Eliduc

A paixão de um Cavaleiro por duas Damas: uma ressuscitada da morte, outra, resignada a ter de partilhar o amor de seu companheiro diante da circunstância fatal. É um motivo que aparece em muitos romances: um homem dividido entre o amor da amada morta – que por vezes retorna – e o da nova amada.

Lai de Tiolet

Aventura de um Cavaleiro, vencedor de um terrível monstro, a quem um rival tenta substituir no momento em que o rei iria dar--lhe o prêmio pela façanha. Fraude que acaba sendo descoberta e o traidor, punido.

Esse motivo – a tentativa de alguém roubar a glória do vencedor – vai aparecer em muitos contos de fadas e já existia também na mitologia grega.

Lai de Madressilva

Trata-se de um dos episódios da lenda celta *Tristão e Isolda*, na qual aparece pela primeira vez o "filtro do amor". Narra o momento em que Tristão, exilado longe da rainha Isolda, sua proibida bem-amada, deposita no caminho por onde ela deverá passar um delicado sinal de reconhecimento: um ramo de aveleira, entrelaçado com um galho de madressilva, símbolo de seus destinos inseparáveis. Isolda reconhece o sinal, penetra no bosque, encontra Tristão e lhe ensina o modo pelo qual ele poderia se reconciliar com o rei com quem ela fora obrigada a se casar. O motivo do "filtro do amor", que, bebido por engano, une para sempre Tristão e Isolda, apesar de tudo que os separava por dever, simboliza a fatalidade do verdadeiro amor, que, quando verdadeiro, é para toda a eternidade.

O ROMANCE CORTÊS (SÉCULO XII)

Contemporaneamente aos lais bretões que atraíam o gosto das cortes para as emoções do amor e do maravilhoso feérico, surge o *romance cortês*, também de matéria bretã, o qual acaba por substituir as *canções de gesta* carolíngeas no gosto do público culto. A voga do romance cortês nas cortes europeias teve início na corte de Marie de France, na Champagne. Sua origem escrita se deu com Chrétien de Troyes, um dos escritores medievais de maior fama – erudito que traduziu do latim para o francês as *Metamorfoses* e a *Arte de Amar*, do romano Ovídio.

Levado pela paixão de Marie de France pela literatura bretã, Chrétien dedicou-se não só a traduzir os romances bretões, mas também a recolher e estudar as versões populares de lendas arturianas que circulavam na França, entre o povo, narradas em "francien" ou língua "romance", isto é, na "língua vulgar" falada pelo povo, durante os longos anos intermédios entre o uso do latim como língua oficial de toda a Europa e o surgimento da língua francesa, já sistematizada e aprovada como língua oficial da nação.

Erec e Enid (1168) e Cligés (1170)

Inspirado pelas aventuras cavaleirescas e pelos problemas amorosos sutis que se mesclavam nas lendas arturianas, Chrétien escreve dois romances: *Erec e Enid* e *Cligés*. A esses livros Chrétien chamou "romances", graças à língua através da qual as histórias ou lendas circulavam entre o povo. Termo que acabou por definir um gênero literário: o romance.

As peripécias, que resultam do conflito entre o amor e a atração pela aventura, se passam em Constantinopla e na Bretanha. As personagens vivem amores extraordinários, em que se fundem a magia celta do *filtro do amor* e a sensualidade oriental do amor erótico. *Cligés* narra uma aventura anti *Tristão e Isolda*, pois, em virtude de terem tomado o filtro mágico, os amantes se unem e nada consegue separá-los. Em lugar de morrerem de amor, vivem por ele.

Entre os romances de raízes céltico-bretãs, reinventados por Chrétien de Troyes, estão alguns dos mais famosos episódios do ciclo novelesco arturiano, nos quais o Amor ou o Culto da Dama são sempre vencedores absolutos, mesmo quando entram em choque com o culto da Honra, o mais alto valor cultivado pelos Cavaleiros.

Lancelote ou O Cavaleiro na Carroça (1172)

Episódio em que, na corte do rei Artur, Lancelote do Lago, o Cavaleiro Perfeito, é posto à prova entre ser fiel à sua honra de cavaleiro ou ao amor-devoção que ele dedicava à rainha Ginevra, esposa do rei Artur. Vence o Amor. Lancelote se deixa vencer e humilhar por um traidor, para preservar a rainha de uma difícil situação. Até mesmo se deixa conduzir sob falsa acusação, na "carroça humilhante". Mas, ao final, chega a ocasião em que, em presença da rainha, prova sua coragem, matando o traidor que lhe fizera oposição. Lancelote foi um dos cavaleiros que se empenharam na busca do Graal, mas sem o conseguir. Sua escolha maior havia sido o amor por Ginevra, amor (mágico para os celtas e pecaminoso para os cristãos) do qual nasceria Galaaz, o "cavaleiro casto", que se tornou o grande cavaleiro das aventuras heroico-místicas – o único que chegou a encontrar o Vaso do Graal. Lancelote é um dos grandes exemplos do mito/arquétipo do "nascimento de Herói": de origem misteriosa, é abandonado ao nascer e entregue às águas, onde Viviana, a Dama do Lago, o encontra e se torna sua mãe.

Ivã ou O Cavaleiro do Leão (1173)

Episódio em que se multiplicam insólitos acontecimentos, em meio aos quais Ivã, cavaleiro do rei Artur, tenta colher água de uma fonte maravilhosa, mas é atacado por um cavaleiro desconhecido, que ele acaba por ferir e perseguir até o castelo em que morava. O Cavaleiro morre. Ivã se apaixona pela viúva, jovem belíssima, a quem passa a dedicar sua vida.

Percival ou A Busca do Graal (1190)

Episódio pertencente ao ciclo do Graal, este narra o momento em que o jovem Percival – mantido afastado, por sua mãe, das "proezas cavaleirescas" que haviam levado à morte seu pai e seu irmão – se encontra com cinco cavaleiros desconhecidos que o levam à corte do rei Artur. Ali, ele descobre a finalidade de sua vida: dedicar-se ao amor de Brancaflor e à missão cavaleiresca. É consagrado Cavaleiro e se dedica à busca do Graal (o vaso que continha o sangue de Jesus, colhido na cruz por José de Arimateia), que só um cavaleiro sem pecado conseguiria encontrar. Percival, apesar de sua nobreza e espiritualidade, não chega a encontrar o Graal, pois casa com Brancaflor, dividindo-se entre a Honra e o Amor.

Tristão e Isolda (1170)

Entre os textos de Chrétien de Troyes que se perderam, mas dos quais ficaram notícias, estaria uma versão de *Tristão e Isolda*, uma das mais conhecidas lendas celtas que se integraram no ciclo das novelas arturianas. Esse romance é considerado uma das grandes criações do espírito humano, drama no qual os símbolos do fabuloso ou maravilhoso se unem à força interior da Fé e do Amor.

Fruto da fusão de diferentes culturas, nesse romance – e em suas mil versões diferentes –, se unem os nobres sentimentos de Honra, cultivados na Idade Média, e a força do Amor, contra o qual leis e costumes são impotentes.

Seu entrecho narra a vida de Tristão, filho do rei Leonois e da rainha Brancaflor, irmã do rei Marc da Cornuália. Ficando órfão, desde criança foi criado pelo tio, o rei Marc. Torna-se um perfeito cavaleiro, cuja coragem todos admiravam. Em luta com o Gigante Morholt, em terras da Irlanda, vence-o, mas é ferido pela lança envenenada e, agonizante, é abandonado em um barco que fica vagando até ser recolhido por uma mulher que o cura com encantamentos. Depois, sabendo-o conhecedor de música, pede-lhe para ensinar harpa à sua filha Isolda, a Loira. Após mil e uma circunstâncias, acaba sendo aprazado o casamento do rei Marc com Isolda. Tristão é encarregado de levar a noiva ao seu tio. Durante a viagem de barco, por engano, ambos bebem o "filtro do amor", que a mãe de Isolda preparara para que esta e o noivo o tomassem e se apaixonassem. Mil e uma aventuras e desventuras se sucedem. Isolda casa-se com o rei Marc. Tristão segue sua vida de proezas cavaleirescas, sem que, entretanto, pudesse ser desfeito o encantamento que os uniu para sempre. Depois de mil e um encontros e desencontros, sofrimentos e alegrias, o destino fez com que ambos morressem juntos (tal como *Romeu e Julieta*, drama que Shakespeare escreveria séculos depois).

Em *Tristão e Isolda*, aparecem quase todos os motivos presentes nos grandes romances universais, de origens arcaicas: o herói, de ascendência nobre, órfão ou abandonado, é recolhido e criado longe de seu verdadeiro meio social. Quando jovem, enfrenta um desafio (luta com monstros) para provar sua coragem e nobreza e entrega-se a viagem iniciática, como Tristão, para consagrar-se Cavaleiro. Vence, mas é ferido de morte, abandonado em um barco à deriva, encontrado por uma fada (ou mulher sobrenatural) que o cura e por ele se apaixona (ou leva à Amada, a do amor fatal e eterno)... Em *Tristão e Isolda* está presente a fusão do *espírito mágico* dos celtas com o *espírito cristão* dos bretões; fusão que constitui a essência dos contos de fadas, quando lidos em nível simbólico.

Nesse mundo mágico, às extraordinárias aventuras dos Cavaleiros e suas amadas Damas misturam-se o sobrenatural diabólico (magos, duendes, particularmente o fabuloso Merlin), o maravilhoso das metamorfoses e a magia das fadas, em sua ambivalência de seres benéficos e maléficos. Nessa complexa mistura de elementos transparece o ideal de vida cristã, que tenta transformar a ordem sentimental em disciplina ética, ou, ainda, confunde as emoções da arte e do amor com a ação prática do real.

A esse ideal, liga-se uma imagem poderosa: a da mulher, que interfere na vida dos homens, com um poder divino e demoníaco e à qual se tributa um verdadeiro culto sagrado ou se repudia. Essa imagem dual da mulher, em nossa civilização, vulgariza-se como fada ou bruxa, povoando os contos de fadas.

A fada mais famosa do ciclo bretão é Morgana, figura benfazeja que continua a aparecer na literatura dos tempos modernos. Outra também famosa é Viviana, cuja personalidade vai mudando: aparece como Dama do Lago (protetora de Lancelote), depois como sedutora maligna que atrai Merlin, já velho, fechando-o no círculo mágico do desejo erótico. Melusina, druidesa, sacerdotisa, maga ou fada, é das figuras mais presentes nas aventuras arturianas, como personalidade ambígua, meio mulher, meio serpente. É personagem do romance *Melusina*, publicado na França no século XIV, cujo sucesso durou mais de um século. É apontada como fundadora da estirpe da família Lusignan.

Aliás, foi um costume comum na Idade Média – quando começaram a ser organizados os Livros de Linhagem ou Nobiliários – atribuírem a uma mulher sobrenatural a origem de famílias ilustres. Seria um modo de "enobrecer" a família, pois ter como mãe primordial uma criatura não natural, capaz de sortilégios, seria muito mais importante do que descender de uma simples mortal. Em Portugal, veja-se *O Nobiliário do Conde Dom Pedro*, com as lendas *Dama Pé de Cabra*, *A Mulher Marinha*, *A Lenda de Gaia*. A verdade é que, desde sempre, o homem preocupou-se com o enigma das origens e, não podendo explicá-lo pela lógica, projetou-o no mistério.

OS MONGES COPISTAS

No final deste percurso, nesse emaranhado de textos arcaicos, lembremos que o elo entre esses longínquos tempos, nos quais estão as raízes culturais, e o conhecimento a que hoje temos acesso, se deve ao longo e paciente trabalho dos *monges copistas*. Nos numerosos mosteiros medievais onde viviam, eles se dedicavam à recolha dos documentos da Antiguidade e à sua decifração e cópia em novos manuscritos, a fim de preservá-los da destruição do tempo. Sem esse silencioso e anônimo trabalho, a história da literatura, da religião ou da cultura na Antiguidade não teria sido escrita... e ficaríamos sem saber de onde viemos...

DA CULTURA MÁGICA DOS CELTAS AOS TEMPOS MODERNOS RACIONALISTAS: AS FADAS

As pesquisas mais recentes vêm ampliando o conhecimento dos longos e emaranhados caminhos percorridos por esses textos arcaicos, até se transformarem na literatura folclórica, de cada nação europeia e americana, e nos contos de fadas para crianças.

Entre as mais importantes descobertas feitas, está a do grande papel desempenhado pelo mundo celta (no qual nasceram as fadas) no processo de fusão que se deu, através dos séculos, entre o *espírito mágico* dos povos primitivos e o *espírito racionalista* que ordenou o mundo civilizado.

Afinal, quem foram os celtas?

Segundo os registros históricos, os celtas surgiram na Europa Central (entre o Atlântico e o Mar Negro) na era do Bronze (2000 a.C.), provavelmente vindos da Ásia Menor. Falavam uma língua do tronco indo-europeu. Eram povos pastores, em busca de grandes pastos para carneiros, gado vacum e cavalar. Concentraram-se inicialmente na região do Alto Danúbio (Boêmia e Baviera) e, ao correr dos séculos, por meio de conquistas territoriais e relações de comércio, espalharam-se por toda a Gália, a Espanha, as Ilhas Britânicas, a Itália, a Bretanha e a Provença. A maior concentração celta se deu na Irlanda.

As primeiras pesquisas arqueológicas, iniciadas no século XIX, atribuíram aos celtas praticamente todos os vestígios culturais anteriores à cultura romana, que acabou por se impor a praticamente todo o mundo então conhecido. Restam ainda muitas ruínas de monumentos de pedra, como túmulos, dólmenes, palafitas, pedras oscilantes, que testemunham a presença celta em quase todo o mundo antigo.

Como todo povo na Antiguidade, os celtas dividiam-se em tribos ou clãs. Na vida comum, eram simples e leais e, sendo vencedores ou vencidos, aceitavam a convivência pacífica com o "inimigo", mas não abriam mão de sua própria cultura e suas crenças religiosas. Aos chefes de tribo eram atribuídos poderes e qualidades de caráter divino. Honravam os heróis (Artur, Fionn, Cuchulaim...), também considerados partícipes da divindade. Explicavam os acontecimentos pela vontade dos deuses, aos quais ofereciam vítimas humanas, por acreditarem que elas passariam a participar da divindade para sempre. Acreditavam na imortalidade corporal e na existência de outra vida, para além da terrestre.

Conservaram-se politicamente independentes. Eram governados por uma casta sacerdotal, os *druidas*, que mantinham a ordem social e política coesa. Por volta do século IX, essa ordem começa a ser desafiada, em razão da mudança na organização social da Idade Média, a partir da expansão do movimento de espiritualização difundido pela Igreja e consequente combate aos povos "pagãos". Essa denominação, "pagão", deriva dos *pagi*, nome dado a povoações rurais fechadas, formadas por antigos povos invasores que mantinham suas velhas tradições religiosas. Foi contra esse paganismo que a Igreja se lançou, por meio de movimentos pacíficos ou bélicos.

Com relação aos *pagi* celtas, em virtude da força de sua cultura e coesão espiritual, houve um intercâmbio pacífico com os cristãos, a partir do qual se deu um verdadeiro sincretismo entre o *espírito mágico* céltico e o *espírito racional* cristão; sincretismo que está latente nas novelas de cavalaria e nos romances corteses.

Portanto, é importante notar que os celtas, embora não tenham chegado a formar uma nação, conseguiram manter sua unidade como povo, através de séculos, graças ao princípio espiritual em que fundavam sua cultura. E, ainda que dominados politicamente por outros povos (bretões, saxões, irlandeses...), tiveram grande influência sobre os dominadores, principalmente pela coesão mantida pela casta sacerdotal Ordem dos Druidas, "uma instituição de certo modo internacional, comum a todos os povos de origem celta, desde o fundo da Bretanha e da Irlanda, à Itália e à Ásia Menor" (D. ROUGEMONT, 1968). A cultura criada pelos celtas ficou conhecida como Cultura de La Têne (lago da Suíça ocidental) e se caracterizou pelo trabalho com o ferro e com a pedra.

Extremamente místicos, os celtas cultuavam também as *armas* (martelos, machados, maça, espada...), das quais foram grandes fabricantes, atribuindo-lhes poderes mágicos. (Lembremos da "espada cravada na rocha" que somente o jovem rei Artur, o perfeito cavaleiro, conseguiu retirar.) Por sua natureza espiritual, ligada aos mistérios, a religiosidade celta preparou terreno para a entrada do Cristianismo em parte da Europa. Segundo os historiadores, a lenta fusão dos *rituais pagãos* celtas com a *liturgia cristã* se deu entre os séculos VI e XI de nossa era. A partir daí, notadamente em virtude de seu culto às *mulhe-res sobrenaturais* (druidesas e fadas), a cultura celta deixou preparado o espírito dos povos bárbaros para aceitar facilmente o culto à Virgem Maria, que a Igreja começou a difundir a partir do século IX, quando se propagou e consolidou a ação cristianizadora de Roma.

AS FADAS

Nesse contexto histórico/mítico, avulta uma nova imagem de mulher, que se impõe por sua força interior e poder sobre os homens e a natureza: a *mulher com poderes sobrenaturais*. "Imagem arcana" ligada às druidesas, sacerdotisas tidas como magas e profetisas, que deram origem às grandes figuras femininas das novelas arturianas. Uma das *druidesas* mais célebres é Melusina, sacerdotisa da Ilha do Sena, mulher de grandes poderes e beleza, encarnação das forças do Bem e do Mal e que por vezes aparece transformada em serpente.

Venerando como sagradas todas as manifestações da natureza (fertilidade do solo, plantas, árvores, bosque, frutos...), os celtas consideravam os rios, as fontes e os lagos lugares sagrados. A água era reverenciada como a grande geradora da vida. Foi na água que a *figura da fada* surgiu entre os celtas. Segundo Pomponius Mela, geógrafo do século I,

> [...] (havia) na ilha do Sena, nove virgens dotadas de poder sobrenatural, meio ondinas (gênios da água) e meio profetisas que, com suas imprecações e seus cantos, imperavam sobre o vento e sobre o Atlântico, assumiam diversas encarnações, curavam enfermos e protegiam navegantes (F. MAN-TOVANI, 1974).

Evidentemente, é impossível a determinação exata do ponto geográfico ou o momento temporal em que as fadas teriam nascido. Mas as milhentas pesquisas realizadas por historiadores, antropólogos, filólogos, etnólogos, entre outros, apontam para a origem celta, tal como o indica o texto de Pomponius Mela. Historicamente, sabe-se que o rio Sena, naquela época, banhava a Gália, onde povos celtas se concentraram durante séculos. Por outro lado, facilmente se comprova que as primeiras referências às *fadas*, como personagens ou figuras reais, aparecem na literatura cortesã cavaleiresca de raízes celtas surgida na Idade Média.

Por outro lado, comprova-se que as fadas tiveram origem comum em função do próprio termo que as designa: "fada". Sua primeira menção documentada em textos novelescos foi em língua latina: *fata* (oráculo, predição), derivada de *fatum* (destino, fatalidade). Nas línguas modernas: fada (português); *fata* (italiano); *fée* (francês); *fairy* (inglês); *feen* (alemão) e *hada* (espanhol).

Entrando no mundo da literatura mediante as novelas de cavalaria, os romances corteses e os lais, as fadas (ou Damas com poderes mágicos), por meio de múltiplas personificações, acabam fazendo parte do folclore europeu e, através dos séculos, levadas por descobridores e colonizadores, emigraram para as Américas. Tornaram-se conhecidas como seres fantásticos ou imaginários, de grande beleza, que se apresentavam sob forma de mulher. Dotadas de virtudes e poderes sobrenaturais, interferem na vida dos homens, para auxiliá-los em situações-limite, quando já nenhuma solução natural seria possível.

Podem ainda encarnar o Mal e apresentarem-se como o avesso da imagem anterior, isto é, como *bruxas*. Vulgarmente se diz que *fada* e *bruxa* são formas simbólicas da eterna dualidade da mulher ou da condição feminina. Se há personagem que, apesar do correr dos tempos e da mudança de costumes, continua mantendo seu poder de atração sobre adultos e crianças, essa é a Fada. Analisando o fenômeno, Marc Soriano registra:

> Estranhas fadas! E mais estranhas ainda quando as olhamos de perto. Os filólogos são categóricos: seu nome vem do latim, *fatum*: o destino. Por essa vertente, elas descendem em linha direta das Parcas, que tecem nossa vida e a interrompem sem aviso. Seriam elas as únicas divindades que sobreviveram ao paganismo e se misturaram sem dificuldade às crenças cristãs. Nesse caso,

podemos nos perguntar, com os folcloristas e historiadores, se não se trataria de um culto anterior, que nos devolveria às crenças da humanidade primitiva e se manteria como um substrato através das religiões e superstições (M. SORIANO, *Guide de Littérature pour la Jeunesse*, 1975, trad. nossa).

Não há dúvida de que, em sua origem, as fadas estavam ligadas a cultos ou ritos religiosos. Em grande número de contos irlandeses (de origem celta), a heroína (sempre um ser sobrenatural) aparece como mensageira de Outro Mundo ou surge sob forma de um pássaro (em geral, cisne), que está ligado ao mistério da morte. (Leia-se a obra *Contos de Fadas Celtas*, org. J. Jacobs, 2001) Na maioria desses contos inaugurais, as fadas aparecem como as *amadas/amantes*. Como diz Chevalier & Gheerbrandt:

> Ser dotado de magia, a fada foge às contingências das três dimensões; e a *maçã* ou a *varinha*, que ela carrega tem qualidades maravilhosas. Segundo a crença celta, nem os poderosos druidas poderiam reter aquele a quem ela chama para si; e seu "eleito" perde o alento vital, quando ela se afasta ou abandona (CHEVALIER & GHEERBRANDT, *Dictionnaire des symboles*, [s.d.]).

Mas, a partir da cristianização do mundo ocidental, as fadas aparecem como *mediadoras* entre os amantes separados ou entre os humanos e a felicidade a que têm direito.

Dignas de um estudo à parte, são as *antifadas* que vivem no conto eslavo, como a Baba-Yaga, velha feia e corcunda, que geralmente se multiplica em três figuras exatamente iguais e mora em uma cabana, na floresta, que gira para todos os lados e se ergue sobre quatro pés de galinha.

O século XVI e as fadas

O sucesso das novelas arturianas prolonga-se pelo Renascimento.

São numerosas as obras surgidas nesse período e desenvolvidas com base na atmosfera mágica céltico-bretã. Entre os grandes nomes da Renascença que foram fascinados por essa fonte, está Shakespeare (1564-1616), cujo teatro pertence a essa região intermédia entre o real e o imaginário, entre a vida e o mistério. Em *Romeu e Julieta*, o dramaturgo introduz uma fada na trama romanesca, a rainha Mab. Em *Sonho de uma noite de verão*, uma complexa ou carnavalesca trama de amores equivocados se passa numa floresta mágica, onde, por engano, todas as personagens acabam se encontrando: o mago Oberon, rei dos elfos; Titânia, a rainha das fadas; o duende Puck; o cavaleiro metamorfoseado em burro, e outros, todos às voltas com um filtro do amor usado equivocadamente e, assim, causando os maiores desencontros, até que, no final, tudo se esclarece e os enamorados se unem.

Na tragédia de Ariosto (1474-1513), *Orlando Furioso*, em meio à fusão de elementos épicos de canções de gesta carolíngeas e de elementos corteses/maravilhosos das novelas arturianas, aparecem as fadas Andrônica, Melissa e Carandina. Na *Jerusalém Libertada* de Tasso (1544-1595), surge a fada Armida. Na novelística da Renascença castelhana, surgem os *best-sellers*: *História do Cavaleiro Cifar*, que conta a paixão do cavaleiro pela Dama do Lago, Viviana, e *O Cavaleiro do Cisne*, história de uma dama misteriosa que, sendo seduzida durante o sono, concebe misteriosamente e dá à luz sete filhos, que uma bruxa transforma em cisnes e que acabam sendo desencantados por uma fada. Um deles se torna herói de grandes proezas cavaleirescas e ganha fama como o Cavaleiro do Cisne. Como espaço encantado, habitado por fadas, surge a Ilha de Avalon ou Ilhas Afortunadas, que estão na origem da "Ilha dos Amores" cantada por Camões em *Os Lusíadas*, no episódio em que os portugueses, cansados de "seus esforçados trabalhos", chegam a uma ilha, onde são acolhidos por ninfas.

Seria longa a lista de obras que, no Renascimento (ou Tempos Modernos), através da Era Clássica, acolheram o maravilhoso feérico, no qual vivem não só as fadas celtas, mas também as *banshee* irlandesas, as "mouras encantadas", as *xanas* asturianas, as "damas verdes" germânicas, nascidas em diferentes climas, simbolizando importantes experiências existenciais que a lógica não conseguiu explicar.

Com o tempo, todo esse maravilhoso, que nasceu com um profundo sentido de *verdade humana*, foi esvaziado de seu significado original e, como simples "envoltório" fantasioso e estranho, transformou-se nos *contos maravilhosos infantis*. O início dessa transformação deu-se, historicamente, com Charles Perrault, como já vimos anteriormente.

O século de Perrault e as fadas

Ao final do século XVII, todo esse caudal de narrativas maravilhosas já entrara em declínio: parte delas fora absorvida pelo povo e transformara-se em narrativas folclóricas, esvaziadas de sua essencialidade primitiva. Outra parte diluíra-se nos romances preciosos, nos quais as aventuras heróico-amorosas da novelística medieval passaram a ser substituídas pelas aventuras sentimentais, patéticas ou pelo heroísmo da paixão, intensificando-se o maravilhoso que lhes servia de espaço. A valentia cavaleiresca cedera lugar ao romanesco. A fantasia substituiu a magia.

Foi nesse momento que Charles Perrault entrou para a história, não como poeta e intelectual de destaque na corte de Luís XIV, mas como o iniciador da literatura infantil. Entretanto, quando analisado por meio da ótica histórica, torna-se evidente que, ao iniciar o resgate da literatura guardada pela memória popular, sua intenção não era escrever contos para crianças. Seu principal alvo era valorizar o *gênio moderno* (francês) em relação ao *gênio antigo* (dos gregos e romanos), então consagrado pela cultura oficial europeia como modelo superior.

Tradutor de talento, poeta, membro da Academia Francesa de Letras e ativo advogado a serviço do ministro Colbert nas dissensões que dividiam o mundo intelectual na corte de Luís XIV, Perrault foi um dos mais inflamados participantes da polêmica que ficou conhecida como "Querela dos Antigos e Modernos", que marcou o declínio da Era Clássica. Contra a postura de Racine, Boileau, La Fontaine e outros que defendiam o maior valor dos antigos clássicos latinos em relação aos modernos franceses, Perrault torna-se defensor dos últimos. Os principais tópicos em discussão eram:

- reação contra a *autoridade absoluta* dos clássicos latinos, cuja arte havia se transformado em *modelo exclusivo* para a criação literária e artística desde o Renascimento e já durava mais de dois séculos;

- recusa à mitologia clássica pagã e defesa do maravilhoso cristão;

- defesa da superioridade da língua francesa sobre o latim, como língua oficial.

Foi no âmbito dessa polêmica que Perrault se empenhou em resgatar a literatura folclórica francesa, preservada do esquecimento pela memória popular. No entanto, não só por causa dessa polêmica "antigos e modernos". Paralelamente a esta, havia outra causa, da qual Perrault também participou ativamente: a defesa da "causa feminista", da qual sua sobrinha, Mlle. L'Héritier, era uma das líderes.

Na época proliferavam os salões elegantes, onde mulheres cultas reuniam intelectuais e artistas para discussões literárias ou culturais em geral. Nessas reuniões, era moda a leitura de caudalosos "romances preciosos", derivados de elementos novelescos da Antiguidade clássica e do maravilhoso medieval, cuja matéria exuberante e fantasista-sentimental estava mais perto da "desordem" do pensamento popular do que da "ordem clássica" oficial.

Por analogia a esses romances postos em moda, essas defensoras dos direitos intelectuais das mulheres passaram a ser chamadas de "preciosas". Satirizando-as, Molière escreveu as comédias: *Escola de Mulheres* (1663), *As Preciosas Ridículas* (1659), *Mulheres Sabichonas* (1672), entre outras.

Perrault era frequentador assíduo desses salões e defensor das "preciosas". Aliás, foi graças a essa disputa feminista que ele escreveu seu primeiro conto resgatado das *fabliaux* populares: *A Marquesa de Saluce* ou *A Paciência de Grisélidis*. Ao saber que Boileau escrevia uma "sátira contra as mulheres", decidiu escrever em versos esse popular *fabliau*, que mostra o cruel despotismo do homem contra a mulher. Assim, enquanto Boileau divulgava sua *Sátira X*, Perrault lia seu texto feminista na Academia Francesa de Letras. Dessa forma, quase por acaso, abria-se nesse momento o caminho para a literatura infantil.

Três anos depois, Perrault publica *Os Desejos Ridículos*, recriação de um conto popular em versos burlescos. Com esse antiquíssimo conto, no qual o problema da mulher também é central, Perrault tentava provar a tese de seu amigo D'Aubignac acerca de *Ilíada*: a de que as antigas epopeias não foram obra de um só autor, mas resultantes de vários contos populares tradicionais, encaixados uns nos outros, seguindo um fio narrativo (tese que o tempo encarregou-se de provar).

Como se vê, Perrault, no início de seu interesse pela literatura popular, não visava à infância. Somente após sua terceira adaptação, *A Pele de Asno* – também um conflito feminino, em consequência do desejo incestuoso de um pai por sua filha –, é que se manifesta a intenção de produzir uma literatura para crianças. Esses três primeiros livros foram publicados em volume em 1696. No prefácio, Perrault ressalta:

Houve pessoas capazes de perceber que essas bagatelas não são simples bagatelas, mas guardam uma moral útil, e que a forma de narração não foi escolhida senão para fazer entrar essa moral de maneira mais agradável no espírito, e de um *modo instrutivo e divertido ao mesmo tempo*. Isso me basta para não temer ser acusado de me divertir com coisas frívolas. Mas como há pessoas que não se deixam tocar senão pela autoridade dos antigos, vou satisfazê-las abaixo.

As fábulas milesianas, tão célebres entre os gregos e que fizeram as delícias de Atenas e Roma, não são de natureza diferente destas. A história da *Matrona de Éfeso* é da mesma natureza que a de *Grisélidis*: ambas são *nouvelles*, isto é, narrações de coisas que podem ter acontecido e não têm nada a ferir-lhes a verossimilhança. A fábula *Psyché*, escrita por Apuleio, é uma ficção pura, tal como o *conte de vieille A Pele de Asno* [...].

A partir daí, Perrault volta-se inteiramente para essa redescoberta da narrativa popular maravilhosa, com um duplo intuito: provar a *equivalência de valores* ou de *sabedoria* entre os antigos greco-latinos e os antigos nacionais, e, com esse material redescoberto, divertir as crianças, principalmente as meninas, orientando sua formação moral.

Com a publicação dos *Contos da Mãe Gansa* nascia a literatura infantil, que hoje conhecemos como clássica. A Mãe Gansa era uma personagem dos velhos contos populares, que contava histórias para seus filhotes fascinados. Porém, a ilustração da capa do livro *Contos da Mãe Gansa* mostra uma *velha fiandeira*, tal como apareceu também na tradução que chegou ao Brasil em 1915. Essa substituição da *gansa* pela *fiandeira* teria resultado por analogia ao costume popular europeu de as mulheres contarem histórias enquanto fiavam, durante os longos serões ou dias de inverno, figura que, por sua vez, teria raízes nas Parcas da mitologia pagã, as deusas encarregadas de tecer a vida dos homens. Sabe-se que, na Idade Média, o *ato de fiar* (com fuso e roca) foi sempre associado à mulher, isto é, vinculado ao *poder feminino de tecer novas vidas e o abrigo dos corpos.*

As preciosas e as fadas

A época de Perrault foi, pois, marcada pelo confronto entre o Racionalismo (que tentava imprimir uma nova ordem à vida e à sociedade) e o Imaginário (exaltação da fantasia, do sonho, do inverossímil), que permeava a literatura fantasiosa dos "romances preciosos", verdadeiros *contos de fadas para adultos.*

Pouco antes das publicações de Perrault, Mme. D'Aulnoy, jovem baronesa de vida aventurosa e cheia de escândalos, escreve o romance precioso *História de Hipólito* (1690), em que existe um episódio, "História de Mira", cuja personagem central é uma fada, espécie variante da maga celta, Melusina. O grande sucesso dessa personagem provocou a "moda das fadas" na corte francesa. Entre 1696 e 1698, Mme. D'Aulnoy publicou oito romances preciosos: *Contos de Fadas, Novos Contos de Fadas, Ilustres Fadas,* entre outros.

Na mesma época Mlle. L'Héritier, sobrinha de Perrault, publica *Obras Misturadas* e o conde Preschac publica *A Rainha das Fadas.* Nesse clima, surge a grande revelação do momento, *As Mil e uma Noites* em tradução de Galland.

Destinada ao prazer das damas e dos cavalheiros da corte já crepuscular de Luís XIV, essa literatura acabou sendo fonte de contos, hoje conhecidos como infantis. A voga das fadas e do maravilhoso feérico resiste como leitura para adultos até fins do século XVIII, quando, entre 1785 e 1789, é publicada a série de 41 volumes: *Gabinete de Fadas – Coleção Escolhida de Contos de Fadas e outros Contos Maravilhosos.* Por este subtítulo, já se vê que havia uma distinção entre essas duas formas de narrativas: a do *maravilhoso* e a das *fadas,* como veremos adiante.

A Revolução Francesa eclode em 1789 e, após o apocalíptico período que se segue, abre-se uma nova era, a do Romantismo, quando se impõe um novo sentimento e uma nova razão. Novamente as fadas passam para segundo plano no interesse dos adultos e refugiam-se no mundo infantil;

passam-se os anos e, agora, no limiar do século XXI, os adultos começam a redescobrir as "fadas"...

O conto maravilhoso e o conto de fadas

Embora ambas pertençam ao universo maravilhoso, as formas narrativas "contos maravilhosos" e "contos de fadas" apresentam diferenças essenciais, quando analisadas em função da problemática que lhes serve de fundamento. *Grosso modo*, pode-se dizer que o *conto maravilhoso* tem raízes orientais e gira em torno de uma *problemática material/social/sensorial* – busca de riquezas; a conquista de poder; a satisfação do corpo –, ligada basicamente à realização socioeconômica do indivíduo em seu meio. Exemplo: *Aladim e a Lâmpada Maravilhosa*; *O Gato de Botas*; *O Pescador e o Gênio*; *Simbad, o Marujo.*

Quanto ao conto de fadas de raízes celtas, gira em torno de uma *problemática espiritual/ética/existencial*, ligada à realização interior do indivíduo, basicamente por intermédio do Amor. Daí que suas aventuras tenham como motivo central o encontro/união do Cavaleiro com a Amada (princesa ou plebeia), após vencer grandes obstáculos, levantados pela maldade de alguém. Ex.: *Rapunzel*, *O Pássaro Azul*, *A Bela Adormecida*, *Branca de Neve e os Sete Anões*, *A Bela e a Fera.*

Pertencente ao mundo dos mitos, a Fada ocupa um lugar privilegiado na aventura humana. Limitado pela materialidade de seu corpo e do mundo em que vive, é natural que o ser humano tenha precisado sempre de *mediadores mágicos*. Entre ele e a possível realização de seus sonhos, ideais, aspirações sempre existiram *mediadores* e *opositores*. Os primeiros (fadas, talismãs, varinhas mágicas) para ajudar; os segundos (gigantes, bruxas, feiticeiros) para atrapalhar ou impedir seus desígnios. E hoje, quais são os nossos mediadores e opositores?

Finalmente há ainda os *contos exemplares*, nos quais se misturam as duas problemáticas: a social e a existencial. Câmara Cascudo chama--os de "contos de encantamento", de que são exemplos: *Chapeuzinho Vermelho*, *O Pequeno Polegar*, *João e Maria.*

As fadas e a visão de mundo esotérica

Como curiosidade, encerramos este percurso no mundo das fadas com o testemunho de uma pesquisadora *clarividente* (passível de ver fenômenos paranormais), Dora van Gelder. Em seu livro *O Mundo Real das Fadas*, ela registra sua própria experiência ao ter acesso ao mundo invisível das fadas, dos duendes, dos seres mágicos em geral. Sendo esse livro publicado por um grupo editorial teosófico (ou esotérico), não cabe duvidar de sua seriedade e verdade. No prefácio, Bregdon lembra que Dora van Gelder nasceu no Oriente, em cuja cultura "o visível e o invisível se superpõem e se interpenetram de tal maneira que chegam a um ponto estranho e incrível para os hábitos ocidentais de pensamento". É, pois, nessa *perspectiva mágica* (incompreensível, para nós, ocidentais racionalistas) que deve ser compreendido o relato biográfico da autora – alguém que, desde criança, teve o privilégio de *ver* e de se *comunicar* com as fadas, conforme registra:

> É preciso despertar um sentido especial em quem quiser ver as fadas.
> A espécie de mundo em que elas vivem não afeta, diretamente, os nossos sentidos habituais. [...] todos os homens têm, latentes, um sentido mais delicado do que a visão, e certo número de pessoas tem-no bem aguçado. É este sentido mais elevado de percepção que é usado para observar as ações no mundo das fadas (D. VAN GELDER, 1986).

Observando essas "ações" invisíveis ao nosso olhar comum, a autora chega a uma classificação de *seres mágicos* que coincide com as diferentes formas pelas quais eles aparecem nos mitos, nas lendas ou nas narrativas maravilhosas, sempre ligadas a fenômenos da natureza. Segundo as categorias hierárquicas estabelecidas, temos:

Anjos ou devas. Grandes seres angélicos ou radiantes, de notável inteligência, que ajudam a orientar a natureza por sua compreensão do plano divino. Orientam as energias da natureza e supervisionam as fadas menos importantes sob seus cuidados, tais como as que podem responsabilizar-se pelas nuvens, pelos ventos, pelos espíritos das árvores.

Elementais. São, literalmente, os espíritos dos elementos, as crianças evoluídas dos reinos do ar, da terra, do fogo e da água, segundo os cabalistas. São chamados gnomos (os da terra), sílfides (os do ar), salamandras (os do fogo) e ondinas (os da água).

Dora completa seu testemunho sobre os elementais com o de Helena Blavatsky (*A Doutrina Secreta*), que os interpreta como seres invisíveis gerados nos 5º, 6º e 7º planos de nossa atmosfera terrestre e correspondentes a: fadas, peris, devas, dijif, silfos, sátiros, faunos, elfos, leprachauns, anões, trolls, kobolds, brownies, nixies, pixies, gobelinos, gente do musco, mannikins e muitos outros. (Os leitores familiarizados com os contos de fadas reconhecerão nesses seres as personagens familiares ao mundo feérico.)

Espíritos da Natureza. São as criaturas superiores, que cuidam das diferentes categorias da natureza, como o ar e o vento, as plantas em crescimento, o aspecto das paisagens, a água e o fogo. Confundem-se, muitas vezes, com as fadas.

Fadas. São criaturas que pertencem aos quatro reinos elementais: ar, terra, fogo e água.

As fadas do ar dividem-se em: *sílfides* ou *fadas das nuvens*, criaturas altamente desenvolvidas, que vivem nas nuvens e que evoluíram da terra, da água e da experiência do fogo, sendo por isso dotadas de inteligência elevada. Há também as *fadas do vento e das tempestades*, espíritos dotados de poderosa energia, que giram por cima das florestas e ao redor dos altos picos das montanhas.

As fadas da terra dividem-se em espíritos de superfície e do subsolo: *fadas dos jardins* ou *bosques* (as de superfície) e *gnomos* ou *fadas dos rochedos* (as do subsolo ou reino mineral).

As fadas do fogo ou *salamandras* habitam a região do subsolo vulcânico e estão relacionadas com o relâmpago e as fogueiras acima do solo. Têm mais forças do que as fadas dos jardins, mas ficam mais distantes da humanidade do que estas.

As fadas das águas ou *ondinas* habitam as profundezas das águas e uma de suas principais tarefas é retirar energia do sol para transmiti--la à água. Há ainda aquelas que vivem junto às praias e marés: são pequeninas, alegres e mais conhecidas como *bebês d'água*.

87

Aí ficam as fadas que Dora van Gelder e seus amigos videntes conheceram em várias regiões do globo, como a Índia, o National Park (Austrália), o Grand Canyon (Arizona), o Central Park (Nova York), entre outras. Como decidir sobre sua verdade ou inverdade, quando sabemos que há muito mais mistérios do que certezas no mundo a nossa volta?

SÍMBOLOS – MITOS – ARQUÉTIPOS

O universo da literatura maravilhosa, que tentamos explorar neste livro, está visceralmente ligado ao mundo mágico dos símbolos, mitos e arquétipos. É neles ou por meio deles que essa literatura é engendrada e se transmite aos homens através dos milênios. Portanto, para compreender melhor a natureza dessa literatura, é preciso entender a natureza da *matéria-prima* (mitos e arquétipos), que a alimenta, e da *linguagem* (símbolos), que a expressa e a torna comunicável.

Entretanto, definir ou caracterizar essa matéria-prima e diferenciá--la da linguagem em que ela se expressa e se comunica é tarefa difícil, porque o mundo dos mitos, dos arquétipos e dos símbolos não tem demarcações teóricas, nítidas, entre eles. A volumosa bibliografia teórica acerca desses fenômenos não chega a caracterizá-los em definitivo, principalmente porque os termos "mito", "arquétipo" e "símbolo" são usados quase que aleatoriamente pelos diferentes estudiosos. O que para um é "mito", para outros é "arquétipo" ou "símbolo" e assim por diante.

Confrontando entre si os mais importantes teóricos (Bachofen, Eliade, Campbell, A. Jolles, Durand) e relacionando suas diferentes definições com os textos literários (míticos ou arquétipos) aos quais cada um se refere, chegamos a uma delimitação que, na prática, servirá como "seta orientadora" para diferenciarmos a natureza de cada um deles.

Sintetizando: mitos nascem na *esfera do sagrado*; arquétipos correspondem à *esfera humana* e símbolos pertencem à *esfera da linguagem*, pela qual mitos e arquétipos são nomeados e passam a existir como verdade a ser difundida entre os homens e transmitida através dos tempos. Recorrendo a alguns teóricos, temos:

MITOS

Os mitos nascem no espaço sobrenatural dos deuses, que estão na origem da vida no universo.

Os mitos se expressam em uma história desenrolando-se no tempo e no espaço e, em linguagem simbólica, exprimem ideias religiosas e filosóficas, experiências da alma. Houve tempo em que os mitos foram interpretados como imagem ingênua, pré-científica do mundo e da história ou como produto de uma imaginação poética. Mas, do século XIX para cá, os estudos da Mitologia descobrem seu significado religioso-psicológico histórico (BACHOFEN apud E. NEUMANN, 1996).

Nos mitos, denuncia-se o fecundo elã inicial do homem em direção à *ciência* (desejo de explicar o que o rodeia); em direção à *religião* (desejo de explicar a si próprio, sua origem, seu destino); em direção à *poesia* (desejo de expressar seus sentimentos e atingir sensações irreprimíveis). Pelo mito, o homem que não sabia nada, senão que vivia, tornou vivas todas as maravilhas que tinha ao alcance de seus olhos ou de suas mãos. [...] Cada povo da Antiguidade tem seus mitos característicos, intimamente relacionados com sua religião ancestral e com sua alma poética. [...] o homem primitivo fez de cada *verdade* (por não sabê-la tal, por não saber prová-la como tal) *um mito*. Ao homem moderno corresponde *fazer de cada mito uma verdade*, porque o mito a encerra indiscutivelmente. (SAINZ DE ROBLES, *Diccionario de la literatura*, 1965)

O Mito é o nada que é tudo. (F. PESSOA, "Ulisses" in *Mensagem*, 1934)

A origem dos mitos perde-se no princípio dos tempos. São narrativas tão antigas quanto o próprio homem e nos falam de deuses, duendes, heróis fabulosos ou de situações em que o sobrenatural domina. Os mitos estão sempre ligados a fenômenos inaugurais: a criação do mundo e do homem, a gênese de deuses, a explicação mágica das forças da natureza.

O *pensamento mítico* nasceu como uma das primeiras manifestações do que seria mais tarde o *pensamento religioso*, isto é, a consciência do homem em face de um Princípio Superior Absoluto, que o explica e o justifica. Desde os primórdios da humanidade, deve ter nascido no homem a obscura consciência de que, para além dele e do mundo que o rodeava, deveriam existir forças misteriosas e invisíveis que tinham poder sobre todos os fenômenos.

Como o homem primitivo poderia explicar, por exemplo, as forças da natureza (chuvas, tempestades, seca, sol, dia, noite, vegetação, água)? Como compreender o nascimento das crianças, dos animais, das flores, frutas? Doenças e mortes? Obviamente, tais interrogações não seriam feitas pelo pensamento lógico, mas pela intuição. Perguntas que a ciência aos poucos pôde responder, enquanto outras, até hoje, só cabem à fé. Foi nesses primórdios que nasceram os primeiros deuses, os totens adorados pelos povos primitivos, que neles viam a representação das forças da natureza ou de animais sagrados ou de seres superiores.

Portanto, a primeira manifestação do *pensamento religioso* teria sido o *pensamento mágico*: o pensamento criador de mitos. É de notar que nas cosmogonias primitivas, sem exceção, a gênese do mundo é atribuída à ação de um deus ou algo sobrenatural. O enigma da origem da vida permanece até hoje sem resposta unívoca e absoluta, apesar de todas as que as várias ciências têm procurado dar.

Nascidos em épocas de grandes lutas e conflitos (homem/natureza; homem contra homem), é compreensível que os primeiros deuses sejam quase todos violentos, ameaçadores, contraditórios. Como o são muitos deuses do Olimpo, que estão na base de nossa civilização: Zeus, incestuoso; Cronos, devorador de seus filhos; deuses e deusas adúlteros, vingativos, cruéis, ao lado de deuses benfazejos, como Atena, deusa da paz, da Razão e das Artes; Apolo, o deus solar, inspirador das musas e que preside a harmonia da natureza; e outros e outras, como Deméter, a deusa-mãe ou Grande-Mãe.

A humanização divina chegou com Cristo e a cristianização do mundo ocidental, cujo mito da criação é o Verbo, a Palavra. "Deus disse: 'Faça-se a luz!'. E a luz se fez"; ou, no Evangelho de João: "No princípio era o Verbo".

Do verbo à Ação, Deus amassando um bocado de barro, criou Adão, o grande mito da condição humana. De sua costela tirou Eva, para acompanhar Adão. Foi-lhes dado o Éden, ou Paraíso, para viverem. Mas a Serpente (a mitificação do Mal) aparece, tenta Eva e esta sucumbe à tentação e, por sua vez, tenta Adão. Ambos comem a maçã (o grande mito do Conhecimento proibido) e, com isso, perdem o Paraíso (mito-base da plenitude existencial eterna). São condenados à simples condição de mortais e a viverem no "vale de lágrimas" que é a Terra, para expiarem a culpa da desobediência à ordem divina.

Adão torna-se mito do *homem-da-culpa*, e Eva, o da *mulher tentadora e fatal*, falha feminina que, mais tarde, seria neutralizada pela Virgem Maria, o grande mito cristão da *mulher pura e benfazeja*. Seriam esses os mitos básicos da civilização cristã. Mitos porque criados na *esfera do sagrado*, tal como todos os deuses da mitologia grega, a qual está na base da cultura ocidental, da qual somos herdeiros.

Ao se tornar Verbo, isto é, ao ser transformado em Palavra, o mito surge como o primeiro ancestral das formas narrativas: a primeira grande *forma verbal*, por intermédio da qual o homem expressou a *dualidade intrínseca* de seu ser-e-estar-no-mundo, condicionado pelas relações Deus/Homem; corpo/espírito/razão/intuição; mortalidade/imortalidade.

Em sua insaciável necessidade de Conhecimento, o homem vem tentando apreender o mundo e seus mistérios, basicamente por meio da Ciência, do Mito (Literatura e Artes em geral) e da História. Na verdade, ao seguirmos os caminhos já percorridos, vemos que o mito e a história caminham juntos. E em última análise, um explica o outro: o Mito (a criação literária), construído pela imaginação, responde pela *zona obscura e enigmática* do mundo e da condição humana, zona inabarcável pela inteligência. A História (fruto do registro do já acontecido), construída pela razão, responde pela *zona clara, apreensível e mensurável* pelo pensamento lógico.

> A literatura é hoje a fonte a partir da qual os mitos se fertilizam, brotam, da qual fluem e invadem as almas. Ela é a Grande Lira do homem moderno, tal qual Orfeu. Enquanto ela tocar, teremos conforto para o frio, o escuro, a solidão e a insônia dos tempos hostis. Ela nos conduzirá sempre para a vitalidade pujante dos inícios, lá onde o poeta proclama, a cada nova vez e sempre (N. SEVCENKO, *Dicionário de Mitos Literários.* Org. Pierre Brunel, 1998).

Pode-se dizer que, para o homem primitivo, a criação dos mitos foi uma necessidade religiosa. Para o homem moderno, a interpretação de tais mitos resultou, inicialmente, de uma necessidade científica, porque neles estaria a raiz de cada cultura e até a história particular. Daí a importância crescente que a literatura arcaica vem assumindo em nossa época, com suas narrativas maravilhosas, seus contos de fadas, suas lendas, suas novelas de cavalaria. Muitas dessas formas fazem parte dos ciclos místicos que tentam explicar certas origens... É costume dizer que, quando o homem *sabe*, ele cria a História e, quando *ignora*, cria o Mito. Na verdade, essas duas manifestações literárias do pensamento e da palavra dos homens respondem a um mesmo desejo: a necessidade de explicar a Vida e o lugar do Homem no Mundo.

Mito e Literatura, desde as origens, existem essencialmente ligados: não há mito sem a palavra literária. Entre nós, lembramos uma grande figura que buscou, nos mitos, as nossas origens. Câmara Cascudo, em suas extensas pesquisas do folclore, descobre em Macunaíma, a "entidade divina para os macuxis, acavias, arecunas, taulipangues, indígenas caraíbas a oeste do *plateau* da serra de Roraima e Alto Rio Branco, na Guiana Brasileira" (*Dicionário do Folclore Brasileiro*, 1962). Entre os macuxis, registra o seguinte mito da criação:

> [...] Logo que o grande e bom espírito Macunaíma criou a terra e as plantas, desceu das alturas, trepou no alto de uma árvore, soltou com seu potente machado de pedra pedaços de casca de árvore, atirando-os ao rio que corria embaixo, e assim converteu os animais de toda espécie. Só quando estes tiveram vida foi que criou o homem, o qual caiu em profundo sono, e quando despertou viu de pé uma mulher ao seu lado. O Espírito do Mal teve superioridade sobre a terra e Macunaíma enviou grandes águas (C. CASCUDO, 1962).

Como se vê, esse mito da criação indígena já revela a força da catequização realizada pelos jesuítas, pois segue os passos da Bíblia. Ou estaria ligado a fontes pré-históricas? Impossível saber...

Os mitos são, pois, narrativas primordiais que formam um universo atravessado por lendas, parábolas, apólogos, símbolos, arquétipos que mostram as fronteiras em que vivem os seres humanos, entre o conhecido e o mistério, entre o consciente e o inconsciente.

ARQUÉTIPOS

Dos Mitos, realidades engendradas por deuses no *espaço sagrado*, derivam os Arquétipos: forças vitais, "gigantes da alma" (Mira y Lopez,

1972), que se manifestam como atitudes, ideias ou comportamento no *espaço humano*.

Da mesma forma que as teorias sobre mitos não coincidem entre si, as que analisam os arquétipos também diferem em suas conclusões.

Há uma linha teórica que define *arquétipo* como "protótipo", isto é, manuscrito, o documento primeiro de que se serve a crítica de texto. Outra linha aponta as situações criadas pelos deuses mitológicos (Cronos devorando os filhos; Anfion, fundador da cidade, ao tocar sua lira; Prometeu, roubando o fogo dos deuses...) como "situações arquetípicas" e nelas misturam o sagrado com o humano.

Como é o fato de igualar os deuses Cronos e Anfion, que são mitos, a Prometeu, que pertence à esfera humana, pois foi o homem-titã que tentou roubar o fogo dos deuses para se fazer imortal e, com esse gesto, tornou-se um *arquétipo da ânsia de imortalidade*, comum à condição humana.

É de notar, porém, que além dessa inegável confusão de termos (mitos, arquétipos e símbolos), usados como equivalentes, existem três fenômenos distintos: o que engendra os mitos, o que se manifesta nos arquétipos e o que expressa a ambos, em linguagem.

Entre os mais expressivos estudiosos da matéria mítica, que está na origem da nossa cultura, destacamos o mitólogo Erich Neumann, pela estreita ligação que faz entre o sagrado e o humano. Em uma de suas definições, realça:

Arquétipo é um modelo, primordial e eterno, de impulsos ou comportamentos humanos, instintivos, que se formaram na origem dos tempos e permanecem latentes no espírito humano (E. NEUMANN, *A grande mãe*, 1996).

Curiosamente, já na Idade Média, Mestre Eckhart, em seu *Livro da Consolação* (1305), afirmava a existência de um mundo ideal, onde só evoluem os arquétipos: o ato de Deus criador o faz passar deste universo ideal ao mundo dos fenômenos, onde encarnam em pessoas ou em realidades concretas. Dessa maneira, toda pessoa tem um duplo espiritual que a liga ao Deus criador, e, portanto, fundamenta a sua nobreza e sua dignidade humana (P. BRUNEL [org.]. *Dicionário de Mitos Literários*, 1998).

No âmbito da Psicanálise, Freud interpretou o mito – tal como o sonho – como a expressão de *impulsos irracionais e antissociais*, e não como rastros da *sabedoria* de eras pretéritas. Mas ultrapassando a visão freudiana, Jung chega à descoberta do "inconsciente coletivo" como fonte maior do comportamento humano – linha de pesquisa que hoje predomina sobre as demais. De acordo com Jung:

> Arquétipo é um motivo mitológico (mítico) e que, como conteúdo, está eternamente presente no *inconsciente coletivo* – ou seja, comum a todos os homens – e pode aparecer tanto na teologia egípcia como nos mistérios helenísticos de Mitra; no simbolismo cristão da Idade Média e nas visões de um doente mental, nos dias de hoje (C. JUNG, 1999).

ou ainda

> Arquétipos são *matrizes arcaicas* que dão forma a *impulsos psíquicos comuns ou naturais* nos seres humanos. São uma espécie de depósito das impressões superpostas, deixadas por várias vivências fundamentais, comum a todos os humanos, repetidas incontavelmente, através dos milênios. Emoções e fantasias suscitadas por fenômenos da natureza, como medo, prazer, experiências com a mãe ou da mulher com o homem, situações difíceis como a travessia de mares, grandes rios, montanhas etc. Seja qual for a sua origem, o arquétipo funciona como um *nódulo de concentração de energia psíquica*. Quando esta energia toma forma, temos a "imagem arquetípica" [...] pois o arquétipo é apenas uma virtualidade (apud N. SILVEIRA, *Vida e obra de Jung*, 1981).

Ultrapassando os limites individuais (postos por Freud), Jung representa a psique como um vasto oceano (o inconsciente) do qual emerge uma pequena ilha (o consciente). É nesse "vasto oceano", misterioso amálgama de forças e impulsos ancestrais, que Jung aponta as raízes da simbologia presente nos mitos e contos de fadas. Interpretando a teoria junguiana do *inconsciente coletivo*, Régis Boyer o define como:

> Uma espécie de imenso *reservatório espiritual*, acessível a todos os possuidores de uma determinada civilização – em certa medida, a todo ser humano – onde recolhemos, de forma mais inconsciente do que consciente ou lúcida, os sonhos, os delírios, os mitos, as imagens literárias, os símbolos que alimentam toda religião e toda a literatura (P. BRUNEL [org.]. *Dicionário de Mitos Literários*, 1998).

É nesse "reservatório espiritual", que é o *inconsciente coletivo*, que estão os *motivos* ou *arquétipos* que vivem nos contos de fadas, nos romances maravilhosos, nas novelas de cavalaria, nas lendas.

Referindo-se aos contos de fadas ou contos maravilhosos, em seu estudo *Aion* (1950), Jung afirma:

> Os contos de fadas, do mesmo modo que os sonhos, são *representações de acontecimentos psíquicos.* Mas enquanto os sonhos apresentam-se sobrecarregados de fatos de natureza pessoal, os contos de fadas encenam *dramas da alma*, com materiais pertencentes em comum a todos os homens. [...] Mitos e contos de fadas dão expressão a *processos inconscientes e, ao escutá-los, permitimos que esses processos revivam e tornem-se atuantes,* restabelecendo, assim, a conexão entre consciente e inconsciente. [...] Os *mitologemas* (presentes nos contos de fadas) são a linguagem primordial desses processos psíquicos e nenhuma formulação consegue sequer aproximar-se da profundidade e da força de expressão das imagens míticas. Trata-se de *imagens primordiais*, cuja representação faz-se melhor e de forma mais sucinta ao se utilizar da linguagem figurada, a *linguagem dos símbolos*, a linguagem original do inconsciente e da humanidade (apud E. NEUMANN, *A grande mãe*, 1996).

As definições e análises de "arquétipo" se multiplicam, através do tempo, apresentando-se por vezes contraditórias, fato que nos mostra o quão difícil é reduzirmos à *linguagem lógica/racional* fenômenos que pertencem *à esfera do espírito ou do psiquismo humano.* Limitando-nos à esfera da literatura, podemos definir arquétipos como representações das *grandes forças ou impulsos da alma humana:* o instinto de sobrevivência, o medo, o amor, o ódio, o ciúme, os desejos, o sentimento do dever, a ânsia de imortalidade, a vontade de domínio, a coragem ou heroísmo, o narcisismo, a covardia, a inveja, o egoísmo, a luxúria, a fé (necessidade de crer num Ser Superior ou num Absoluto), a funda ligação com a Mãe (o feminino, a *Anima*), o respeito ou temor ao Pai (o Masculino, o *Animus*), a rivalidade entre irmãos... Tais arquétipos, no âmbito da literatura ou da mitologia clássica, têm sido representados por figuras ou personagens arquetípicas, isto é, representações dessas paixões ou "gigantes da alma" que se amalgamam no *inconsciente coletivo*, analisado por Jung.

Um dos grandes heróis arquetípicos da condição humana, em *sua ânsia de imortalidade* e condenação ao fracasso, é Sísifo, astucioso mortal que, por um estratagema, conseguiu aprisionar Tânatos, a Morte, durante algum tempo, e evitar que os humanos morressem. Mas Zeus, ao descobri-lo, enfurecido, condenou-o ao inferno de viver eternamente empurrando um enorme rochedo até o alto da montanha, o qual, ao chegar ao cume, rolava para baixo, e tinha de ser novamente carregado ao cume, condenando Sísifo ao eterno fracasso de sua ação. (Em nossos tempos, o existencialista Albert Camus criou uma nova interpretação para Sísifo: sua realização está no próprio ato de carregar a pedra.)

Como permanência dos mitos e arquétipos em nosso tempo, lembremos que a eterna grandeza do teatro shakesperiano está no lastro mítico/arquetípico que alimenta suas personagens: Hamlet (a interrogação existencial e a dúvida); Otelo (o ciúme); Romeu e Julieta (amor e morte); Macbeth (a paixão pelo poder).

SÍMBOLOS

Chegamos enfim aos símbolos. Como *figura de linguagem* (ou tropo), o símbolo, ao lado da símile, da imagem, da metáfora e da alegoria, cada qual correspondendo a um processo de transfiguração do real em imagem poética, faz parte dos *recursos estilísticos* responsáveis pela existência do poema.

Entretanto, aqui relacionado com o mito e o arquétipo, vai nos importar como *linguagem simbólica*, pela qual ambos os fenômenos, ao serem nomeados, emergem do imaginário, no qual são intuídos, adquirem presença ou realidade e se revelam como expressão comunicável ao mundo.

Analisando as relações dos mitos ou do arquétipo com o símbolo, Jung ressalta:

> Tudo aquilo que um *conteúdo arquetípico* exprime é, antes de mais nada, uma *figura de linguagem*. Se ela fala do *sol* e identifica-o com o *leão*, com o *rei*, com o *tesouro vigiado* pelo dragão e com a *vitalidade e potencialidade* dos homens, não é uma coisa, nem outra, mas um terceiro elemento desconhecido que se expressa de maneira mais ou menos adequada, através desses símiles. Mas para o intelecto, aquilo permanece desconhecido e informulável em linguagem lógica (apud N. SILVEIRA, *Vida e obra de Jung*, 1981).

Foi pela transformação dos mitos e arquétipos em *linguagem simbólica*, pois sem esta eles não existiriam, que a Sabedoria da vida neles contida pôde se difundir por todo o mundo, transformada em contos (de fadas ou maravilhosos), em novelas de cavalaria, lais, romances, cantigas... Em nossos tempos, tais mitos e arquétipos continuam engendrando a verdadeira literatura, por intermédio de novas linguagens simbólicas. Os tempos mudam, mas a condição humana continua a mesma.

Reis, rainhas, princesas, príncipes, fadas, bruxas, maternidades falhadas ou concepções mágicas, heróis desafiados por grandes perigos para a conquista do seu ideal, objetos mágicos, duendes e anões, tesouros ocultos, dragões, gigantes e provas iniciáticas são, em essência, arquétipos ou símbolos engendrados pelos mitos de origem. São formas de comportamentos humanos, situações, desígnios, forças malignas ou benignas a serem enfrentadas na Aventura Terrestre a ser vivida pelos seres humanos, isto é, cada um de nós.

A *linguagem simbólica* é, pois, a mediadora entre o *espaço imaginário* (do inconsciente, do Mistério, do Enigma...) e o *espaço real* em que a nossa vida se cumpre.

A mitologia cibernética

E já que estamos falando de mitos e símbolos, não podemos deixar de lembrar do *mundo virtual* (alimentando os falsos mitos) em que estamos vivendo neste início do Terceiro Milênio. Nele, a *magia* do espírito foi substituída pelas *mágicas* da bela/horrível "civilização cibernética", que está no comando e, num ritmo vertiginoso, vem difundindo os seus valores de base pelas *"sete partidas do mundo"*.

Civilização paradoxal, na medida em que, por um lado, revela o poder espantoso da inteligência humana, que levou o homem a ultrapassar quase todos os limites até há pouco existentes, e que, por outro, se alimenta de uma perversa fonte: a da *degradação dos grandes mitos e arquétipos* (nobreza de caráter, idealismo, amor, fidelidade aos seus ideais, solidariedade, grandeza interior), que, desde as origens, se mostraram como os grandes ideais de realização humana a serem atingidos pelos indivíduos. Isso resulta na minimização ou *degradação do humano*, provocada pelo *novo mito* ou valor absoluto dominante: a *lei do mercado*.

É evidente que não há como recusar as maravilhas científicas e tecnológicas, descobertas/inventadas pela inteligência do homem e que deram nova dimensão ao universo e à vida humana. Nenhum progresso admite retorno. O que se faz urgente é a *formação de uma nova mentalidade*; é a conscientização de cada *eu* em relação ao *outro* ou ao *mundo*, dentro do ciberespaço em que nos é dado viver e no qual predomina, de maneira absoluta, a *lei de mercado*.

Lei progressista, mas perversa, pois transforma tudo e todos em *produtos*. Lei que propõe, como o grande ideal a ser alcançado pelos humanos e pelos objetos, a *performance* do "consumir" ou "ser consumido". Importante notar que, no universo das multimídias em que estamos sitiados, o grande alvo a ser atingido, como suprema autorrealização, é o de nos transformarmos em *espetáculo*, para sermos admirados pelas multidões. Daí o *culto do corpo* (a "malhação", as cirurgias plásticas, o silicone, o sexo grupal, o nudismo banalizado, as drogas que potencializam a fruição do próprio corpo e das sensações, o egocentrismo como desempenho do seu sucesso). Daí a "informação" jornalística tornada espetáculo, sensacionalismo no noticiário dos crimes, transformando criminosos em heróis fantásticos e seduzindo outros "anônimos" para os caminhos da marginalidade, no qual podem facilmente se transformar em espetáculo e *ser notados* pelos outros.

Nessa linha de equívocos, neste início do século XXI, destacam-se, por exemplo, o sucesso e a grande audiência dos *reality shows* (*Big Brother, Casa dos Artistas, No Limite, Hiper-tensão* e outros), apesar do total vazio existencial e ético que os caracteriza. Sucesso compreensível, tendo em vista que, para a maioria esmagadora dos telespectadores e da humanidade, a vida cotidiana não oferece condições para que cada um se dê em espetáculo, para ser admirado pelas multidões. Assim, resta à tal maioria a satisfação de alimentar sua natural necessidade de realização (de acordo com os ideais que o sistema lhe propõe) com o espetáculo dos outros: invadindo-lhes a privacidade, pretensamente dada como verdadeira e espontânea, quando na verdade é um produto virtual, isto é, não existente, falso resultado de um *script* bem ensaiado que, em última análise, só tem uma finalidade: *alimentar o mercado*.

Diante desse caos atual, em que falsos ideais são oferecidos como verdadeiros e em que se misturam valores degradados/degradantes e grandes valores em gestação, é urgente que os autênticos mitos e arquétipos, criados na origem dos tempos, sejam redescobertos/reinventados para que a Grandeza inerente ao humano seja novamente o ideal a ser alcançado por todos os indivíduos. Uma Nova Ordem precisa surgir, mas antes, uma Nova Mentalidade precisa ser formada. E isso leva tempo. Toda gestação exige tempo. *A Bela Adormecida* esperou cem anos para ser despertada pelo príncipe e, até hoje, através dos séculos, vive na memória dos homens. O *Dia de Princesa*, aplaudido *show* de TV, não dura mais do que os "quinze minutos de fama". Tudo que é falso dura pouco.

Parece evidente que o caminho da invenção/construção na Nova Ordem que há de vir passará pela Educação, pela formação cultural/ética/existencial das novas gerações. A literatura é, e será sempre, o grande meio a ser usado como "rito de passagem" nessa formação. E a escola precisa ser redescoberta como o *espaço de iniciação* que tem sido desde suas origens, entre oráculos, sibilas e profetas preparando os "iniciados".

Aliás, esse processo de formação – embora ainda não notado pela mídia – já começou... Há uma "revolução silenciosa" em marcha. É só atentarmos para a efervescência de pesquisas em todas as áreas de conhecimento ou entrarmos no mundo da literatura de ontem e de hoje, e veremos que há uma nova visão de mundo em gestação.

A volta das Fadas e da Magia é apenas um sintoma...

TEORIAS SOBRE O MUNDO DO MARAVILHOSO*

---

* A maior fonte de pesquisa para este capítulo foi o erudito estudo escrito pelo etnólogo e folclorista português Teófilo Braga, como introdução (p. I – XLIV) à coletânea *Contos Tradicionais do Povo Português* (2 vols.), por ele organizada entre 1883 e 1915.

ma das eloquentes provas da estreita ligação existente entre o *mundo da fantasia*, criado pelas narrativas maravilhosas, e o *mundo real*, em que a nossa vida se cumpre, é o grande número de pesquisas e estudos das mais diferentes áreas do saber, que, desde o século XVIII até este limiar do século XXI, têm-se voltado para o imenso acervo formado pelos contos de fadas, mitos, fábulas, lendas, sagas, contos maravilhosos e tantos outros.

Como vimos anteriormente (ver *Contos de Grimm*), a partir dos estudos filológicos, antropológicos etc., iniciados na Alemanha, visando estabelecer a "língua oficial alemã" em meio aos vários dialetos falados, descobriu-se que essas narrativas ancestrais – contadas nos serões familiares ou "ao pé do fogo", durante os longos invernos em que a neve impedia a vida ao ar livre – mais do que *mero entretenimento*, eram valiosos *meios transmissores* dos valores de base dos grupos sociais, transmitidos de geração em geração, consolidando-se, assim, o sistema de comportamentos consagrados pelo grupo.

A partir dessa descoberta, impôs-se ao mundo intelectual a necessidade do estudo científico desse acervo narrativo para lançar novas luzes na história da humanidade. Entre os estudos iniciais mais importantes que resultaram dessas primeiras pesquisas estão os do arqueólogo alemão Winckelmann, História da Arte dos Antigos, *1764, e dos filósofos* Hamann, Uma Rapsódia em Prosa Cabalística, *1762, e Herder,* Ensaio sobre a Origem da Linguagem, *1770, e* Ideias sobre a Filosofia da História da Humanidade, *1794. Todos eles, por diferentes caminhos, procuravam na literatura primitiva dos mitos, das lendas e sagas germânicas encontrar o "primeiro elo", o início e o subsequente desenvolvimento do pensamento e da história da humanidade; história que Herder mostra como resultado da interdependência de dois mundos: o do espaço, o mundo físico, natural – terra, montanhas, mares, atmosfera... –, "imenso laboratório no qual se prepara a organização das palavras e da vida dos animais, até as estruturas complexas, os instintos animais mais surpreendentes, até chegar ao homem, resumo da criação" –, e o mundo do tempo, no qual tudo se transforma perpetuamente, "em progressões ou regressões, desvios e repetições, infinitamente variáveis, aparentemente sem lei nem finalidade, mas em contínuo movimento de evolução: o reino do homem".*

Analisando os velhos contos populares que alimentavam a imaginação do povo, Herder mostrou que eles continham, sob formas simbólicas, reminiscências de uma velha crença (antiga sabedoria ou fé), há muito enterrada e completamente esquecida pelo racionalismo dos novos tempos. Como, em geral, tais contos eram narrados por mulheres enquanto fiavam em suas rocas, Herder chamou essa "sabedoria" ancestral de "filosofia da roda de fiar" ("Rocken philosophie", in *Grand Larousse Encyclopédie*, 1961).

Foi no início do século XIX que esse interesse pelos contos de fadas se difundiu por toda a Alemanha e chegou às demais nações europeias. Intensificaram-se o interesse pela literatura folclórica e a procura dos textos antigos e dos testemunhos orais que pudessem fornecer novo material para as pesquisas. Foi por meio das fontes vivas da tradição popular que se divulgaram, no meio culto, as cantigas e estórias repetidas pelas crianças, "verdadeiro ponto de transição entre a alma popular e a inteligência culta", e gravadas pela memória dos velhos, dos homens ou das mulheres do povo, que sempre foram os grandes agentes de conservação e transmissão das tradições herdadas.

Com essa recuperação da memória ancestral, uma grande descoberta é feita: apesar da diversidade de suas regiões de origem e das enormes diferenças de cultura entre os povos que as criaram, essas várias narrativas primitivas apresentam enormes semelhanças de motivos, argumentos, tipos de personagens, tipos de metamorfoses; semelhanças essas que só poderiam ser explicadas pela existência de uma fonte comum, que as pesquisas acabaram por localizar na Índia, milênios antes de Cristo.

Foi, pois, esse gigantesco trabalho de recuperação das *fontes vivas* de cada nação – representadas pelas narrativas folclóricas e pelos textos novelescos arcaicos – que revelou aos homens o fantástico caudal de narrativas, que, a partir de uma fonte-mãe (as narrativas em sânscrito), foram sendo tecidas, desmanchadas e novamente tecidas com mil outros fios, como uma fabulosa tapeçaria de Penélope, a qual, impregnada de maravilhoso, recobre todos os povos da Terra.

Desde essa descoberta sucedem-se as tentativas de compreensão e explicação desse "plâncton de contos maravilhosos" (Paul Delan), não só investigando sua prováveis fontes (orientais, célticas, europeias, cristã, pagãs...), mas principalmente procurando interpretar seu possível significado original. Daí as teorias que se multiplicam desde o século XIX até o nosso, cada uma iluminando determinados ângulos do fenômeno sem que nenhuma delas tenha chegado a uma interpretação definitiva e abrangente, tal como não há (haverá um dia?) uma interpretação definitiva de nossa própria vida.

O CAMINHO ABERTO PELOS IRMÃOS GRIMM

Para além dos estudos linguísticos – objeto inicial da pesquisa com o folclore germânico –, Jacob e Wilhelm Grimm acabam por intuir que toda aquela massa de contos populares, sagas, contos maravilhosos, lendas, continha tal riqueza de invenção e imaginário que necessariamente teria resultado de uma imensa e complexa criação coletiva. E, seguindo essa intuição, abrem caminho para a descoberta do folclore como genuína criação popular que partiu de fontes comuns.

Prosseguindo na investigação da novelística popular alemã, os Grimm detectam as *raízes* esquecidas e chegam à conclusão de que muitos argumentos, motivos, personagens, elementos fantásticos e situações repetidamente presentes nas narrativas de cunho maravilhoso eram rastros ou deformações de concepções míticas dos povos arianos. Concepções que se foram transformando para se adaptar a novas formas de civilização ou de conhecimento de mundo. Nessa linha de pesquisa, os Grimm chegam a reconstruir o sistema religioso da antiga raça germânica, apagado ou silenciado pela cultura romana e pela assimilação católica.

A investigação das origens

Uma vez que Grimm nos abriu os olhos, tornou-se impossível desconhecermos a identidade de certos heróis locais e de deuses antigos: a identidade das façanhas atribuídas a uns e outros, respectivamente pela tradição e pela mitologia. O problema consistia em saber de onde provinha essa identidade (Max Muller, 1880).

Na linha de indagação das origens, houve inicialmente grandes confusões e discordâncias, até que, a partir dos estudos de Theodoro Benfey sobre o *Pantschatantra* da Índia (*Pequeno Tratado sobre Pesquisas de Contos de Fadas*, 1864), pôde ser restabelecida a cadeia de migrações das narrativas do Oriente para a Europa.

Em 1704, é publicada a coletânea *As Mil e uma Noites*, traduzida pelo francês Antoine Galland. Seu sucesso, em toda a Europa, foi imediato e estrondoso, mas a autenticidade de sua origem árabe foi posta em dúvida por folcloristas e etnólogos. A partir daí, multiplicando-se os pesquisadores orientalistas (A. Jensen, H. Winkler, E. Stucken e Silvestre de Sacy), foram rastreados, em certas narrativas populares europeias, traços de origem babilônica, dando margem à hipótese de elas terem emigrado da Babilônia (hoje Bagdá) para a Ásia Menor e dali para a Europa. Quanto a *As Mil e uma Noites*, comprovou-se que o caudal labiríntico de histórias fantásticas que a Sherazade contava para o rei Schariar veio de fontes persas e hindus, que foram assimiladas pelos contos populares egípcios, nos séculos XII e XIII, e que, por volta de 1400, tomaram sua forma árabe definitiva, pois o Egito já havia sido completamente assimilado pelo Islã. A maioria dessas narrativas fabulosas tem como cenário a vida fantástica e faustosa de Bagdá, no tempo do Califa Harun al-Rashid (séc. VIII). Traduzidos em todo o Ocidente, esses contos maravilhosos têm servido de motivos para a criação de novas obras de arte: óperas, balés, filmes.

Enfim, as origens ficaram mais ou menos esclarecidas, mas persistiu a grande interrogação: qual seria o significado real de toda a simbologia pressentida nos contos populares maravilhosos? Que visão de mundo ela realmente revelava?

A SIMBOLOGIA DO MARAVILHOSO: INTERPRETAÇÕES

Empenhadas nessa interpretação, as "escolas" de filólogos e antropólogos multiplicam-se.

A escola naturalista védica

Ainda na primeira metade do século XIX, e lideradas por Adalberto Kuhn e Max Muller, surgem duas escolas naturalistas que, baseadas nos hinos védicos da Índia, interpretam a simbologia das narrativas maravilhosas como linguagem ligada a antigos mitos, ou como expressões figuradas de possíveis reações do pensamento primitivo diante das forças da Natureza.

A linha de Kuhn aplica-se em detectar, nas narrativas, a presença do terror provocado pelos fenômenos excepcionais e ameaçadores como tempestades, raios, trovões, furacões, que apareciam nas narrativas como monstros, deuses ou magos enfurecidos. A linha de Muller preocupa-se em perceber as relações, por exemplo, gratificantes entre os homens e a Natureza, a partir dos fenômenos cotidianos (a aurora, o nascer do sol, o crepúsculo, a noite...) que apareciam transfigurados nas tarefas cotidianas a serem cumpridas pelos heróis das narrativas, como as tarefas dos anões do conto *Branca de Neve* ou a do pescador em *O Pescador e o Gênio*.

A mitologia científica

Nessa linha mítico-naturalista, surgem numerosas outras teorias. Ottofrido Muller (*Prolegômenos a uma Mitologia Científica*, 1925) analisa as formas simbólicas do material narrativo mítico-maravilhoso como índice da incapacidade de abstração, própria dos estágios rudimentares da mente. Nesses estágios, as ideias só podem ser compreendidas quando expressas em formas concretas e poéticas, isto é, por meio de figurações simbólicas. Ottofrido Muller dedica-se também ao estudo comparativo das variedades simbólicas regionais, procurando explicar as lendas ou as narrativas populares maravilhosas como evolução ou como um estágio intelectual-cultural superior aos dos povos bárbaros, dos quais elas teriam surgido.

Os contos maravilhosos e os "pensamentos elementares"

Na segunda metade do século XIX, paralelamente a essa interpretação naturalista, desenvolvem-se outras correntes de base psicológica, como a liderada pelo psicólogo alemão Adolf Bastian, e que identifica os temas mitológicos (detectados nos contos maravilhosos) com os "pensamentos elementares" da espécie humana (*Contribuições à Psicologia Comparada*, 1874).

Segundo essa corrente, tais pensamentos seriam congênitos a cada indivíduo; daí que tivessem aparecido elementos narrativos muito semelhantes nas diversas narrativas populares nacionais (*volkerzedanken*), oriundas de regiões tão distantes e diferentes entre si como a Índia, a Babilônia e os Mares do Sul.

Por essa interpretação, as identidades encontradas entre mitos e narrativas maravilhosas resultariam não de migrações, mas de um *fundo psicológico* comum a todos os homens. De certa maneira, Bastian aproxima-se da posição que Jung vai assumir mais tarde, quando cria a teoria do inconsciente coletivo e dos arquétipos.

O lastro animista/naturalista dos contos de fadas

No entre-séculos (XIX-XX), apesar dessas diversas perspectivas de estudo, o interesse pela interpretação naturalista ou animista das narrativas mítico-maravilhosas ainda se mostra muito vivo. É nessa linha que o etnólogo inglês Edward Burnett Tylor escreve o primeiro tratado sistemático de Antropologia (*Civilizações Primitivas*, 1871).

A partir de teorias animistas, ele explica os contos de fadas como remanescentes de uma fé em decadência ou de um rito antigo que morrera como costume popular, porém permanecera na forma dos contos. Atraído pelos estudos de mitologia comparada e de magia, Tylor acaba por encontrar conexões profundas entre determinada matéria folclórica e certos mitos siderais e atmosféricos criados pelas religiões primitivas e posteriormente absorvidos pelo Cristianismo. Nesse sentido, interpreta as figurações simbólicas nas narrativas maravilhosas ou em locuções comuns entre o povo como formas esvaziadas de seu significado religioso primordial.

Por exemplo, reconhece na Chapeuzinho Vermelho e em sua avó o "mito do Sol crescente e do Sol no ocaso", isto é, da "Aurora matutina e Aurora vespertina". No lobo que a devora, vê personificada a noite que engole a claridade e depois é rompida pelo sol. Em Cinderela, descobre o mito da aurora perseguida ou libertadora, tal como aparece nos hinos dos Vedas. No mito de Eros, no esposo de Melusina, no Cavaleiro do Cisne, no esposo de Eurídice, aponta personificações do mito do Sol seguindo a Aurora. Em *As Três Cidras do Amor*, a personificação da noite estaria na velha que esconde a donzela ou que a transforma em negra. Na *Bota de Sete Léguas*, comum nos contos arianos, estaria personificado o vento. A toalha que se estende simbolizaria a nuvem, que nos Vedas estaria representada pela vaca, como aparece em muitos contos populares. O quarto proibido do Barba Azul, uma transformação do tesouro do Ixion, conforme a lenda grega. O roubo dos bois feito pelo Pequeno Polegar lembra o mito grego de Hermes. Enfim, nessa linha de decodificação simbólica, os exemplos são copiosos.

O pensamento fetichista e a simbologia dos contos

Essa linha de pesquisa interpreta os contos, as lendas ou narrativas maravilhosas como formas decadentes de antigos mitos fetichistas, absorvidos pela fantasia popular. O medievalista Gaston Paris foi um dos primeiros que tentaram fixar os diversos tipos e temas novelescos relacionados com seus possíveis mitos geradores. Sintetizando suas conclusões, conforme T. Braga, temos:

O Sol é o príncipe encantado, o herói que salva, o amante que perde a forma horrenda, é o doente que morre prematuramente e que renasce, é o cavaleiro que mata o dragão, é o tesouro etc.

A Aurora é a criança, a donzela, a recém-nascida, a filha da feiticeira negra, velha e feia; é Psique que tem o marido sobrenatural; é a Melusina ou esposa fiel que recupera o seu marido etc.

A Noite é a velha feia e ruim, a ogressa, a madrasta que maltrata a enteada, o lobo devorador, o saco em que é furtada a menina ou a cova em que estão enterrados os príncipes etc.

Os Dias são os filhos desejados que tomam formas monstruosas; são os pequenos maltratados; é o irmão que mata o irmão ou o salva etc. (T. BRAGA, 1915: XLIV).

Além desses tipos, nos costumes populares de toda a Europa conservam-se as cerimônias dramáticas da entrada do Verão e saída do

Inverno; o rapto da Primavera que está nas lendas do Caçador Feroz, na morte do Dragão, na libertação das donzelas, como Andrômeda; na revivescência do cavaleiro, como Artur, Barba Ruiva ou Dom Sebastião. Nas festas religiosas é que se conserva, nas formas rituais, o mito do nascimento do Fogo ou do Menino, o medianeiro ou salvador.

Assim, dos dois grupos de fenômenos siderais e atmosféricos, deduzem-se os tipos ou temas míticos que mais persistem nos contos populares (maravilhosos), sendo essa também uma das causas da sua universalidade.

Outros estudiosos das prováveis relações entre mitos e os contos populares maravilhosos apoiam-se na teoria solar e interpretam certas personagens de Perrault como personificação da Aurora ameaçada pelo Sol voraz, que a engole. Chapeuzinho seria, pois, essa Aurora cobiçada pelo Sol-lobo; a heroína de *A Pele de Asno* seria a aurora perseguida pelo pai, que, como os deuses mitológicos, cobiça possuir a filha. Em *A Bela Adormecida* essa identificação mítica pode ser encontrada nos filhos da Bela, ameaçados pela rainha-avó, até porque a menina chama-se Aurora, e o menino, Dia.

Em nosso século, as interpretações de natureza mítico-simbólica vão gradativamente cedendo espaço para as de natureza psicanalítica. E nessa perspectiva o conto *Chapeuzinho Vermelho*, por exemplo, é interpretado como uma variante do conflito macho/fêmea, existente no mito edipiano e no mito da criação.

Mitos iniciáticos, rituais e contos maravilhosos

A possível significação simbólica dos contos populares maravilhosos, em relação aos fenômenos da natureza e a certos rituais primitivos, tem atraído muitos estudiosos.

Destacamos o trabalho do folclorista francês P. Saintyves, que, em 1923, publica uma importante interpretação simbólica dos contos de Perrault: *Os Contos de Perrault e as Narrativas Paralelas. Suas Origens, Costumes Primitivos e Liturgias Populares*. Como o título já informa, Saintyves estuda as relações entre certos elementos simbólicos dos onze contos publicados por Perrault e os costumes e as liturgias populares arcaicas. Divide os contos em duas áreas:

Contos e os esquecidos rituais das estações

(As Fadas, A Bela Adormecida, Cinderela, A Pele de Asno e Chapeuzinho Vermelho)

São explicados como mitos que teriam feito parte de antigos rituais, como os da primavera, verão, outono e inverno; estações que, em tempos arcaicos, tiveram suas festas propiciatórias e de invocação aos deuses.

Suas heroínas não seriam, portanto, apenas personagens literárias, mas sobreviventes de antigas crenças religiosas nas quais teriam tido papel de rainhas ou sacerdotisas: como nas velhas liturgias populares do Ano-Novo e da Epifania, a das Rondas e Pompas, do Dia de Cinzas ou do Primeiro de Maio – quando a primavera, na Europa, eclode poderosa –, a das Cavalgadas, dos Dias Gordos, e outras.

O conto *As Fadas* relembra "as cerimônias que se celebravam antigamente para as fadas ou gênios do lugar, à época do Ano-Novo, para obter deles benefícios e proteção" (SAINTYVES, 1923: 57).

Contos de origem iniciática

(O Pequeno Polegar, Barba Azul, Henrique do Topete)

São de interpretação mais delicada e incerta. Lembra o pesquisador que os "cultos primitivos davam grande valor à iniciação, ou melhor, à formação sagrada do ser social. Iniciar era preparar o indivíduo, através de um ensinamento e um treinamento mágico-religioso, para desempenhar seus valores e seu papel no grupo, clã ou tribo" (SAINTYVES, 1923: 60).

Há iniciações para fazer de uma criança um homem (*O Pequeno Polegar*), para formar mulheres para seu papel de esposa (*Barba Azul*), para ensinar tanto ao marido quanto à mulher as leis do casamento (*Henrique do Topete*).

E Saintyves conclui que:

> [...] certos contos maravilhosos devem ser restos de antigos mitos iniciáticos. A iniciação comportava, e comporta hoje, provas, tentações, simulacros de morte, disfarces em forma de animais, cenas de prestidigitação [...] e por isso ela pode fornecer-nos explicação para certos traços e personagens como ogres e canibalismo, objetos mágicos, metamorfoses, animais que falam etc. (SAINTYVES, 1923: XXI).

Quanto aos contos que se originaram dos *fabliaux* franceses, Saintyves discorda de que sejam de origem indiana (*Pantschatantra*), entendendo-os como derivados de ensinamentos que fariam parte de cerimônias sagradas. De acordo com ele:

> Como o teatro saiu dos mistérios, os *fabliaux* e o conto saíram do sermão e do ritual. [...] O sentido do sagrado que presidiu ao nascimento de todos os nossos ideais morais e religiosos não pode deixar de estar na origem do conto (popular maravilhoso) e da fábula (SAINTYVES, 1923: XXI).

A descoberta das invariantes e variantes

No início do século XX, estudos sobre o acervo narrativo de várias regiões detectaram os elementos comuns que apontavam para uma fonte original. Tal descoberta foi feita na Escola Finlandesa Centro de Estudos Folclóricos de Base Histórico-Geográfica, cujos primeiros representantes foram Kaarle Krohn e Antti Aarne (*Índice dos Tipos de Contos*, 1910). Partindo do princípio de que era impossível determinar uma única região como o ponto originário dos contos populares, os novos pesquisadores procuraram conhecer melhor a própria matéria narrativa para, a partir dela, determinar suas origens.

Igualmente, foi feito um exaustivo levantamento das variantes de cada argumento, tendo-se em vista a difusão geográfica alcançada pelos contos em questão. Desse levantamento e da análise comparativa realizada resultou uma primeira classificação dos tipos de contos que integram o folclore das diferentes regiões europeias. Pela análise das invariantes em cada conto, chegou-se à caracterização de três grupos principais: contos maravilhosos ou de fadas, contos da vida cotidiana e contos de animais.

A classificação inicial, feita por Aarne, é depois ampliada por Stith Thompson (*Índice dos Motivos da Literatura Folclórica*, 6 vol., 1928) e se torna o mais importante e completo catálogo internacional de motivos folclóricos, servindo como indispensável ponto de partida para todos os estudiosos do folclore.

A classificação de Aarne agrupa os contos de acordo com a natureza de seus motivos (elementos típicos da efabulação). Assim, os contos maravilhosos (ou de fadas) são reconhecidos pela presença das seguintes categorias ou motivos: o adversário sobrenatural, o auxiliar sobrenatural, o esposo (ou esposa) sobrenatural e outros motivos sobrenaturais.

Valendo-se desses motivos, os estudiosos chegam às diferentes classificações dos contos. Câmara Cascudo, por exemplo, partindo da classificação de Aarne, optou pela divisão de nossos contos folclóricos em: contos de encantamento, contos de exemplo, contos de animais, contos religiosos, dentre outros.

A ANÁLISE FORMALISTA DOS CONTOS

As primeiras tentativas de "análise formalista" – a que se concentra nos componentes básicos da estrutura narrativa, deixando de lado o conteúdo, as ideologias – foram feitas pelos jovens universitários Roman Jakobson, Buslaev, Vinokur, entre outros, que, em 1914, fundaram o Círculo Linguístico de Moscou, propondo-se a desenvolver os estudos de Linguística e de Poética. Em 1916, outro círculo foi fundado em São Petersburgo (Leningrado). Nascia assim o Formalismo Russo, que, por diversas circunstâncias, só nos anos pós-guerra de 1945 se difundiu na Europa e nas Américas.

Na área específica do folclore, os pesquisadores Boltee e Polivka, entre 1913 e 1918, publicaram uma obra monumental (*Notas sobre os contos dos Irmãos Grimm*) em três volumes, em que cada conto é confrontado com variantes recolhidas em todas as partes do mundo. Registra-se, ainda, uma biografia de 1.200 títulos de coletâneas para estudos.

Avoluma-se cada vez mais a quantidade de pesquisas em todos os países, mas o método ideal não é encontrado. Em 1917, outro formalista, Speranski, define o estágio em que estavam tais estudos:

Sem se deter nos resultados adquiridos, a etnografia científica prossegue suas pesquisas, considerando que os materiais reunidos são ainda insuficientes para uma elaboração sistemática. [...] Que conclusões gerais podem ser tiradas? E quando estaremos em condições de fazê-las? Ninguém o sabe... (apud V. PROPP, 1979: 7).

A *morfologia do conto popular maravilhoso*

É nesse contexto que o etnólogo e folclorista Vladimir Propp desenvolve o método de análise que muda a direção dos estudos de contos folclóricos.

Consciente das limitações dos métodos comparativos até então desenvolvidos, seja os centrados nos temas, motivos e assuntos, seja aqueles focados nas regiões de origem, Propp empenha-se no estudo comparativo não das *dramatis personae* (os diferente tipos de personagens da efabulação), mas das ações das personagens, e nelas se fundamenta para definir a especialidade do conto popular maravilhoso como gênero. E por essa via tenta chegar à possível explicação histórica de sua uniformidade em todas as regiões do mundo.

Evidentemente, Propp teve seu caminho preparado pelos pesquisadores que o precederam. Graças, sobretudo, à exaustiva classificação feita por Aarne, ele não precisou definir quais seriam ou não os maravilhosos, em meio à massa heterogênea de contos populares recolhidos nas numerosas coletâneas. Conforme ele mesmo explica no livro que expôs a nova teoria (*Morfologia do conto maravilhoso*, 1928), usou, como matéria para suas análises, os contos classificados por Aarne como maravilhosos.

Portanto, diante de um acervo de 449 contos maravilhosos, Propp empenha-se em caracterizar os elementos que responderiam pela natureza do maravilhoso. O elemento-chave dessa caracterização, para ele, é a ação das personagens. Definindo as ações como *funções* que estruturam a narrativa, Propp faz o levantamento das espécies de funções e da possível identidade (ou diferença) de funções que aparecem no acervo de contos analisados. O resultado foi a descoberta de que há *funções constantes* (ações básicas de efabulação que identificam os contos como maravilhosos) e *funções variáveis* (que são secundárias no universo estrutural do conto).

A essa oscilação entre *constantes* e *variáveis*, Propp chamou de "invariantes e variantes dos contos maravilhosos". Exemplificando, temos uma invariante e suas variantes demonstradas em cinco contos:

1. O rei manda Ivã buscar a princesa. Ivã parte.

2. O rei manda Ivã buscar um objeto singular. Ivã parte.

3. A irmã manda o irmão buscar um remédio. O irmão parte.

4. A madrasta manda a enteada buscar fogo. A enteada parte.

5. O ferreiro manda o aprendiz buscar a vaca. O aprendiz parte.

A invariante é a "ordem" e a consequente "partida" vinculada a uma "busca". As variantes são os "agentes da ordem", os "sujeitos" da partida e da busca, e também os "objetos" da busca.

Nessa linha de pesquisa, Propp estabeleceu 31 funções, que aparecem como invariantes nos contos maravilhosos:

1. *ausência*: um dos membros da família distancia-se de casa;

2. *interdição*: uma interdição é imposta ao herói;

3. *transgressão*: a interdição é transgredida;

4. *interrogatório*: o antagonista tenta esclarecimentos;

5. *esclarecimento*: o antagonista recebe informações sobre a vítima;

6. *perfídia*: o antagonista tenta enganar sua vítima para se aproveitar dela e de seus bens (ex.: o antagonista muda de aspecto; o dragão transforma-se em cabra);

7. *cumplicidade involuntária*: a vítima deixa-se explorar e involuntariamente ajuda o inimigo (o herói deixa-se convencer, aceita o anel);

8. *malfeito*: o antagonista causa mal a um membro da família (o dragão leva a filha do rei);

9. *mediação*: a infelicidade é anunciada (uma prece ou uma ordem é mandada ao herói; ele é enviado em expedição);

10. *decisão*: o herói decide reagir ou consente no que lhe pedem ("permita-me partir em busca da tua filha");

11. *partida*: o herói deixa a casa;

12. *a prova*: o mediador-auxiliar põe o herói à prova, preparando-o para receber a ajuda mágica;

13. *a posse do mágico*: o herói apossa-se do meio mágico (animais, cavalos, objetos);

14. *reação*: o herói reage aos atos do futuro doador ou mediador--auxiliar;

15. *transporte*: o herói transporta-se (ou é levado) ao lugar onde se encontra o objeto de sua busca (lugar sempre distante, em outra terra, outro reino);

16. *luta*: o herói e o antagonista entram em luta;

17. *a marca*: o herói é marcado, ferido, fica com uma cicatriz;

18. *vitória*: o antagonista é vencido;

19. *eliminação*: do mal;

20. *a volta*: o herói volta, depois da vitória;

21. *perseguição*: o herói é perseguido;

22. *salvação*: o herói escapa à perseguição;

23. *a ocultação*: o herói chega incógnito a sua casa ou a outro país;

24. *a falsidade*: um falso herói pretende apossar-se da vitória e glória do herói;

25. *o sucesso*: a tarefa cumprida;

26. *o desafio*: uma tarefa difícil é proposta ao herói;

27. *reconhecimento*: o herói é reconhecido;

28. *desmascaramento*: o falso herói ou antagonista é descoberto;

29. *metamorfose*: o herói toma uma aparência;

30. *castigo*: o antagonista é castigado;

31. *final feliz*: o herói casa e sobe ao trono.

Evidentemente, tais funções não aparecem todas ao mesmo tempo em cada conto. Aliás, se observarmos bem, há muitas que se justapõem e poderiam fundir-se. Se tentarmos reduzir a estrutura básica dos contos aos seus elementos constituintes, chegaremos a seis funções invariantes em todos eles (que, em narrativas complexas, podem repetir-se várias vezes). São elas:

1. *uma situação de crise ou mudança*: toda efabulação dos contos maravilhosos tem como motivo desencadeante uma situação de desequilíbrio da normalidade, a qual se transforma em desafio para o herói;

2. *aspiração, desígnio ou obediência*: o desafio é aceito pelo herói como ideal, aspiração ou desígnio a ser alcançado;

3. *viagem*: a condição primeira para a realização desse desígnio é sair de casa: o herói empreende uma viagem ou se desloca para um ambiente estranho, não familiar;

4. *desafio ou obstáculo*: há sempre um desafio à realização pretendida, ou surgem obstáculos aparentemente insuperáveis que se opõem à ação do herói;

5. *mediação*: surge sempre um mediador entre o herói e o objetivo que está difícil de ser alcançado, isto é, surge um auxiliar mágico, natural ou sobrenatural, que afasta, neutraliza os perigos e ajuda o herói a vencer;

6. *conquista*: finalmente o herói vence ou conquista o objetivo almejado (via de regra, casa-se com a princesa).

Vemos que, ao distinguir as várias funções das personagens, na estrutura dos contos de fadas, Propp reconhece a essencialidade desse gênero narrativo como *expressão da vida*. E tanto estava consciente dessa expressão que afirma: "Não há dúvida de que o conto encontra, geralmente, sua fonte na vida" (V. PROPP, 1972: 14).

Nesse sentido, note-se a identidade existente entre as funções apontadas e as constantes básicas do viver humano:

1. *situação de crise ou mudança*: é natural que na vida real todo ser humano viva contínuas situações de mudança ou de crise, pois do nascimento à morte passamos por muitas transformações, desafios e provas;

2. *desígnio*: todo ser humano tem (ou deve ter) suas aspirações, seu ideal, seu "desígnio" a ser atingido na vida, em busca de sua autorrealização;

3. *viagem*: basicamente, a luta pela autorrealização trava-se fora de casa, no corpo-a-corpo do *eu* com o mundo exterior, com outros;

4. *obstáculos*: são as inevitáveis dificuldades que se interpõem entre o *eu* e seu caminho para a autorrealização;

5. *mediação*: são os auxílios que, via de regra, o *eu* recebe para poder avançar em seus caminhos;

6. *conquista*: este deveria ser o desenlace feliz para a autorrealização desejada pelo *eu*, como acontece sempre nos contos de fadas e deveria acontecer também na vida real.

Por essa correlação analógica entre as coordenadas invariantes do universo literário e do universo humano, compreende-se a fascinação que tais narrativas têm exercido sobre o espírito humano. O leitor ou ouvinte sente-se projetado num plano em que seus próprios anseios parecem realizar-se: os obstáculos se aplainam, o mal é castigado, o bem é premiado e a vitória dos heróis e heroínas é completa e perene... Daí o prazer interior ou a sensação de autorrealização que os contos de fadas ou contos maravilhosos transmitem.

A análise psicanalítica

No início do século XX, paralelamente a interpretações de base histórico-geográfica e mítico-religiosa, a simbologia inerente aos contos de fadas ou maravilhosos foi investigada também como expressão espontânea de processos psíquicos inconscientes, cujo sentido original ter-se-ia perdido com o tempo e com as sucessivas migrações.

Freud, a criação artística e os sonhos

Fundador da Psicanálise, Sigmund Freud identificou a criação artística (mitos, poesia, contos maravilhosos, pintura e outras) com os sonhos, na medida em que, segundo ele, no plano do imaginário, ambos os fenômenos expressam a satisfação de desejos inconscientes que estão em conflito com forças repressivas.

No ano de 1910, Freud publica duas breves análises psicanalíticas sobre possíveis influências da leitura de contos de fadas na psique do leitor (*A Ocorrência nos Sonhos de Assuntos de Contos de Fadas* e *O Tema dos Três Cofres*) e escreve a famosa *História de Uma Neurose Infantil*, na qual os contos *Chapeuzinho Vermelho* e *O Lobo e as Sete Criancinhas* desempenham papel importante.

As análises freudianas, feitas por Freud ou seus seguidores, aplicaram-se não a interpretar a matéria narrativa maravilhosa, mas à possível influência de sua simbologia ou memória nos pacientes psiquicamente perturbados. Obviamente, sendo os contos de fadas ou maravilhosos criações coletivas, não poderiam interessar aos freudianos como campo de pesquisa, pois a estes só o individual interessa. Daí que a maior repercussão das análises de natureza psíquica tenha se dado na linha junguiana, a que se volta para o psiquismo coletivo.

Wundt e a fantasia coletiva

Contemporâneo de Freud, o antropólogo Wundt, desenvolvendo a intuição inicial dos Grimm, encaminha estudos das relações entre contos e mitos no sentido de provar que estes últimos teriam surgido da fantasia coletiva e não da criação individual (*A psicologia do povo*, 1905).

Além disso, Wundt inverte a direção das influências: afirma que os mitos teriam surgido de certos contos alegres e catárticos, inventados para divertir ou para espantar o medo dos homens em face do mundo natural e que, com o tempo, foram levados a sério, transformando-se em mitos. Dando prioridade à natureza psíquica dos assuntos, Wundt estabelece a seguinte divisão dos contos populares: contos-fábulas mitológicos, contos maravilhosos puros, contos-fábulas biológicos, fábulas puras de animais, contos de "origens", fábulas ou contos jocosos e fábulas morais.

Apesar da amplitude de sua pesquisa e da influência que exerceu em sua época, Wundt foi muito contestado e seus estudos acabaram marginalizados, em razão da ambiguidade que lhe é inerente. De qualquer forma, sua intuição, ampliando a dos Irmãos Grimm, permaneceu e foi encontrar sua mais brilhante interpretação na teoria psicanalítica de Carl Gustav Jung.

Jung: o inconsciente coletivo e os arquétipos

A mais recente linha de pesquisa (iniciada nos anos 1930 e ainda bem pouco explorada) sobre mitos e contos de fadas toma o caminho proposto por Carl G. Jung, a partir de seus conceitos de inconsciente coletivo e de arquétipos. Segundo ele:

> Os contos de fadas, do mesmo modo que os sonhos, são representações de acontecimentos psíquicos. Mas, enquanto os sonhos apresentam-se sobrecarregados de fatores de natureza pessoal, os contos de fadas encenam os dramas da alma com materiais pertencentes em comum a todos os homens (apud N. SILVEIRA, 1981: 119).

Conforme já dissemos, Jung ultrapassa os limites individuais estabelecidos por Freud, representando a psique como um vasto oceano (o inconsciente), do qual emerge uma pequena ilha (o consciente). Por sua vez, o amplo espaço do inconsciente diferencia-se em dois níveis ou camadas: o pessoal (mais superficial e cujas fronteiras com o consciente são muito imprecisas) e o coletivo (corresponde às camadas mais profundas do ser, ou melhor, aos fundamentos estruturais da psique, comuns a todos os homens).

É nesse imenso e misterioso amálgama de forças e impulsos ancestrais que Jung aponta as raízes da simbologia presente nos mitos e contos de fadas e também a eles atribui não só a identidade de motivos que aparece nesses mitos e contos populares em todas as regiões do mundo, mas igualmente o fascínio que eles têm exercido sobre os homens de todos os tempos. Como registra em seu livro *Aion* (1950):

> Mitos e contos de fadas dão expressão a processos inconscientes, e ao escutá-los permitimos que esses processos revivam e tornem-se atuantes, restabelecendo, assim, a conexão entre consciente e inconsciente (apud N. SILVEIRA, 1981: 120).

Da existência desse fundo psíquico comum e inconsciente é que surgem os arquétipos, "matrizes arcaicas" que dão forma a impulsos psíquicos comuns a todos os homens, ou ainda "imagens", as quais dão formas similares a vivências típicas (emoções, fantasias, medos) suscitadas por fenômenos da natureza ou por experiências existenciais decisivas (com a mãe, com as relações homem-mulher, com o confronto de forças desiguais ou injustas).

CONCLUSÃO

Aqui encerramos nosso percurso pelo mundo dos contos de fadas, com a palavra do mestre Jung, apontando para um campo de pesquisa precioso como caminho para o conhecimento da Vida e do Homem:

> Os contos de fadas têm origem nas camadas profundas do inconsciente, comuns à psique de todos os humanos. Pertencem ao mundo arquetípico. Por isto seus temas reaparecem de maneira tão evidente e pura nos países mais distantes, em épocas as mais diferentes, com um mínimo de variações. Este é o motivo por que os contos de fadas interessam à Psicologia Analítica (apud N. SILVEIRA, 1981: 11).

No entanto, para além do interesse que eles possam ter para a Psicologia Analítica, há o que desperta na área da Pedagogia e da Didática, hoje empenhadas na descoberta de novos caminhos para a orientação das crianças e dos jovens. Urge encontrarmos outro sentido para a vida... Sem dúvida, um dos caminhos para achá-lo estará em redescobrir os contos de fadas e, por meio deles, descobrir o significado mais profundo de certa literatura que o nosso século vem criando para os adultos e as crianças...

Entre as análises da matéria arquetípica encontrada nos contos de fadas (realizadas por Jung e por sua maior discípula, Marie-Louise von Franz), ressalta a ligada à realização da alma humana, em busca de seu centro, sua unidade (*self*). Daí que as personagens, as situações ou os conflitos que provocam a efabulação, as peripécias, os desenlaces correspondam a imagens, ou melhor, ao processo de busca da unidade interior. Reis, rainhas, príncipes, fadas, bruxas, duendes, objetos mágicos, profecias, obstáculos, ameaças, auxiliares, provas quase impossíveis de serem vencidas são símbolos de situações arquetípicas: vivências éticas, sociais, existenciais que vêm sendo revividas desde a origem dos tempos, sob diferentes formas, em virtude do desejo de autorrealização do eu em relação ao outro (mundo) que impulsiona o ser humano.

Marie-Louise von Franz, em suas numerosas análises de contos de fadas (principalmente germânicos, escandinavos e eslavos), dá abundantes exemplos de situações arquetípicas. Relacioná-las em uma ordem racional e coerente é tarefa das mais difíceis, pois, como ela mesma define, "cada arquétipo é um sistema energético relativamente fechado, uma espécie de veia energética pela qual correm todos os aspectos do inconsciente coletivo" (FRANZ, 1981: 17).

É simplesmente fascinante o caminhar em meio a essa floresta de arquétipos que são os contos de fadas e descobrir os mil e um significados do rei, de heróis, princesas, sapos e rãs encantados, cabelos, anéis, madrastas, ilhas, gigantes e anões, fadas, bruxas, rainhas estéreis, concepções mágicas e outros. Mas não podemos esquecer que na vida real não existem fadas nem madrinhas que venham realizar por magia aquilo que temos vontade de fazer. Há, na vida, um trabalho a ser realizado, uma luta a ser empreendida por todos nós. E, nesse sentido, a literatura cumpre um papel. Pela *imaginação*, varinha de condão capaz de revelar o homem a si mesmo, a literatura vai-lhe desvendando mundos que enriquecem seu viver. O objetivo último da literatura é a *experiência humana*, o convívio com ela. Como diz Lotman, a literatura "ajuda o homem a resolver uma das questões psicológicas mais importantes da vida: a *determinação do próprio ser*".

8

A EDUCAÇÃO E AS FADAS: A LITERATURA INFANTIL

D ando por terminado nosso perambular pelo mundo histórico-fantástico das Fadas (mundo dos valores míticos ou primordiais latentes/patentes em nossa natureza humana), cabe agora relacioná-lo com o mundo da Educação, no qual ele tem tarefa importante a cumprir: *auxiliar na formação das novas gerações*. Ou melhor, na formação do "mutante cultural", como Thomas Hanna definiu, nos anos 1970, o novo tipo de homem que estaria sendo engendrado no seio da Sociedade Cibernética. Na verdade, nossa pesquisa sobre o conto de fadas teve sempre, como alvo maior, a Educação e sua relação essencial com a Literatura.

E por que Literatura? E particularmente Literatura Infantil? Tentando responder, comecemos pelo *momento de mutações* em que vivemos. E nele a *crise do Ensino*, que teve início nos primeiros anos do século XX e neste limiar do novo século ainda está longe de ser resolvida. Vivemos em pleno processo de transformação em todos os setores da sociedade. Porém, é principalmente em relação à crise que afeta a Educação e o Ensino que se faz urgente a conscientização de que tais transformações *não se reduzem a meras mudanças de teorias de base*, metodologias, estratégia didática ou instrumental de transmissão de informações (do quadro-negro e giz para multimeios da informática). O que está em causa é algo mais profundo: trata-se, como sabemos, de uma *mudança de visão do mundo ou de paradigmas*.

Mudança de visão que tem no *ser humano* seu eixo-motriz: é dele (de todos nós) que o atual mundo-em-desordem depende para encontrar um dia uma nova ordem, que harmonize a *herança humanista* do ontem (ou dos tempos primordiais) com as fantásticas *conquistas progressistas* de hoje. Entre as múltiplas formas, por meio das quais essa herança humanista se manifesta, privilegiamos aqui o mundo dos contos de fadas ou da literatura maravilhosa dos mitos, dos arquétipos e símbolos, que, surgindo na origem dos tempos, transformou em linguagem as "mil faces" da Aventura Humana e a eternizou no tempo. Aí está o valor substancial da literatura como criação: sua matéria-prima é a *existência humana* e o seu meio transmissor é a *palavra*, a *linguagem* – exatamente o meio do qual tudo no mundo necessita para *ser nomeado e existir verdadeiramente* para todos os homens.

É de notar, pois, que todas as áreas de conhecimento (Fenomenologia, Antropologia, Existencialismo, Psicanálise, Linguística...) que hoje se cruzam em nosso panorama de ideias, embora diferentes em seus métodos e suas estratégias de análise, se igualam em um ponto: o de apontar no EU de cada indivíduo, consciente de sua substancial relação com o OUTRO, a *fonte* do verdadeiro Saber ou Conhecimento do mundo que lhe cabe viver.

A julgar pelo atual labirinto de ideias, a grande transformação em marcha não será propriamente a de um novo sistema religioso, político ou filosófico, mas sim de uma *nova mentalidade* – espécie de fusão das conquistas científicas/cibernéticas de vanguarda, com a visão primordial dos antigos "iluminados" ou videntes do invisível. Em última análise, trata-se da gestação de uma nova cultura que um dia construirá uma nova civilização. Qual? Quando? Impossível saber. O que nos resta é nos tornarmos conscientes de que fazemos parte dessa revolução cultural e de que a escola é o *espaço da iniciação* privilegiado a essa nova cultura. Conforme Fayga Ostrower:

> [...] a cultura orienta o ser sensível, ao mesmo tempo em que orienta o ser consciente. [...] Ao se tornar consciente de sua existência individual, o homem não deixa de conscientizar-se também de sua existência social, ainda que esse processo não seja vivido de forma intelectual. [...] Os valores culturais vigentes constituem o clima mental para o seu agir. Criam-se referências, discriminam as propostas, pois conquanto os objetivos possam ser de caráter estritamente pessoal, neles se elaboram possibilidades culturais. Representando a individualidade subjetiva de cada um, a consciência representa também sua cultura (F. OSTROWER, 1977: 38).

Partindo do dado básico de que é por intermédio de sua *consciência cultural* que os seres humanos se desenvolvem e se realizam de maneira integral, é fácil compreendermos a importância do papel que a literatura pode desempenhar para os seres em formação, os "mutantes culturais". É ela, dentre as diferentes manifestações da Arte, que atua de maneira mais profunda e essencial para dar forma e divulgar os valores culturais que dinamizam uma sociedade ou uma civilização.

Daí a importância da literatura infantil, tanto a dos tempos arcaicos quanto a pós-moderna, essencialmente sintonizada com estes *tempos de mutação.* De maneira lúdica, fácil e subliminar, ela atua sobre os pequenos leitores, levando-os a perceber e a interrogar a si mesmos e ao mundo que os rodeia, orientando seus interesses, suas aspirações, sua necessidade de autoafirmação, ao lhes propor objetivos, ideais ou formas possíveis (ou desejáveis) de participação no mundo que os rodeia.

Nessa ordem de ideias, é ainda ao *livro*, à *palavra* escrita, que estamos atribuindo a maior responsabilidade na *formação da consciência de mundo* das crianças e dos jovens. Apesar de todos os prognósticos pessimistas, e até apocalípticos, acerca do futuro do livro, ou melhor, da literatura, nesse nosso ciberespaço imagético e de comunicação instantânea, a verdade é que a palavra literária escrita está mais viva do que nunca. E parece já fora de qualquer dúvida que nenhuma forma de ler o mundo dos homens é tão eficaz e rica quanto a que ela permite.

Neste início de século, estamos entrando em uma nova fase. Após um período em que a *imagem* difundida pelos multimídias (TV, cinema, revistas de quadrinhos, publicidade...) parecia destinada a substituir definitivamente não só a *palavra literária*, mas o próprio *livro* como mediador nas relações humanas, a tendência agora é procurar a *conciliação* entre as duas, pois ambas as manifestações estão sendo descobertas como essenciais à formação e evolução cultural do ser humano, na sociedade letrada que caracteriza o mundo ocidental. Nesse sentido, não podemos esquecer que toda imagem "legível" necessita de um pensamento ou uma ideia a sustentá-la, explicá-la... e *não há expressão de pensamento ou ideias sem palavras, sem texto.*

Embora tal "conciliação" não seja ponto pacífico para todos (pois há muitos que continuam a minimizar a literatura e a cultura escrita em geral), já não se pode negar que uma das palavras de ordem dos últimos tempos é a valorização da leitura como um dos fenômenos mais importantes no processo de Educação e, ao mesmo tempo, dos mais complexos da Pedagogia moderna ou dos meios de comunicação de massa. Como consequência, alguns dos pontos críticos dos debates, na área de literatura/escola, têm sido os problemas ligados às relações entre leitor e leitura.

As concordâncias e discordâncias nessa área são numerosas e aqui não cabe discuti-las. Registramos apenas algumas concordâncias:

1. *Literatura e Leitura* são entendidas como agentes formadores não apenas de *leitores*, mas especialmente da *consciência de mundo* que levará cada *eu* a se descobrir em relação ao outro, como parte integrante/responsável do/pelo meio em que vive.

2. *A autoconsciência eu-outro*, dada pela vivência da literatura (por meio de leituras adequadas ao nível de percepção do leitor), resultaria na formação da *consciência crítica* indispensável nos seres pensantes.

3. *A consciência crítica*, por sua vez, deve atuar como uma *força de resistência* à desagregação ou fragmentação interior do sujeito, provocada pela avalanche de informações que caem sobre ele incessantemente, engendradas pelas multimídias, porta-vozes da "lei do mercado" que governa o mundo globalizado.

4. *Conhecimento é resultado de informações organizadas:* e hoje essa "organização" está a cargo de cada indivíduo, pois, além do "sistema de consumo e lucro", não há nenhum outro que seja válido para todos os indivíduos, uma vez que vivemos em plena era do Relativismo e da Incerteza.

5. Nessa ordem de ideias, cresce *a importância da palavra*, como nomeadora/fundadora do Real. "O que não é nomeado não existe" (Lacan), fenômeno que reforça a urgência de o Ensino ser reestruturado, para que, por meio da palavra-em-situação (a que registra a experiência de vida), crianças e jovens sejam preparados para reordenar o mundo (novo real) num amanhã próximo ou longínquo.

6. *At last but not least*: o professor deve se preparar para ser um *bom leitor* (ou um grande leitor, se pretende ser um educador) e saber incentivar os alunos no exercício da leitura em seus diferentes níveis: lúdica ou atenta, horizontal (restrita à estória), vertical (atingindo o tema ou a problemática), analítica, entre outras.

Encerramos estas reflexões com duas estórias que têm como problemática-chave a necessidade fundamental do Saber. Só a busca do Conhecimento ou da Sabedoria permitirão ao ser humano alcançar plena realização existencial.

O CAMPONÊS E A TORNEIRA

Era uma vez um camponês que todos os dias andava dois quilômetros para buscar água em uma fonte. Um dia, resolveu ir visitar um parente que morava na cidade, onde ele nunca havia estado.

Ao chegar lá, ficou encantado ao ver o primo rodar um objeto preso à parede e dele sair água em abundância. Com vergonha de confessar sua ignorância diante daquela maravilha, nada perguntou. No dia seguinte andou horas a fio pelas ruas da cidade, descobrindo coisas que ele nunca vira. Até que notou na vitrine de uma loja o tal objeto maravilhoso, que jorrava água. Entrou, perguntou ao vendedor, que o veio atender, o que era aquilo e descobriu que se chamava "torneira" e que ele podia comprá-la. Foi o que fez. E sem dizer nada ao primo guardou-a na mala e no dia seguinte voltou para casa.

Ao chegar, chamou a mulher e os filhos e pediu-lhes que o ajudassem a quebrar a parede e nela cimentar a torneira. Então mandou chamar todos os vizinhos, pois diante de todo o povoado queria anunciar a boa nova: ele havia trazido da cidade algo que iria resolver os problemas de todos: nunca mais teriam que buscar água tão longe, porque a torneira, quando aberta, fazia jorrar água.

Reunidas as pessoas, o camponês apresentou-lhes o miraculoso objeto e abriu a torneira. A estória acaba aí...

UMA NARRATIVA ANCESTRAL

Conta uma antiga lenda persa que o Imperador Cosroe Anchiran, tendo sabido que, em certas montanhas na Índia, havia ervas milagrosas capazes de ressuscitar e dar imortalidade aos homens, para lá enviou o seu médico, Barzauih, com a missão de encontrá-las.

Depois de longa e penosa viagem, Barzauih chegou à Índia e às montanhas indicadas: encontrou as ervas, misturou-as e fez com elas várias experiências, tentando ressuscitar mortos, mas nada conseguiu. Decepcionado e triste, ao encontrar um velho sábio indiano que ali vivia, queixou-se a ele do engano de que fora vítima, dando crédito a falsas histórias. Ao que o sábio lhe respondeu:

"A história que ouviste é verdadeira. Mas deves apreender seu sentido real, velado por símbolos. As montanhas são os sábios. As ervas milagrosas são suas palavras. Os mortos são ignorantes. Os sábios transformam a mente dos ignorantes, com seus conceitos e sua sabedoria, como se estivessem ressuscitando os mortos. A sabedoria dá imortalidade aos que a possuem e a transmitem aos outros. Muitos desses conceitos e sabedoria foram recolhidos num livro precioso chamado *Calila e Dimna*, que se encontra na Biblioteca do Rei, guardado a sete chaves, como um tesouro sem par".

Ao ouvir o velho sábio, Barzauih foi à corte que ficava além da montanha e, depois de vencer mil e uma dificuldades, conseguiu, através de um intérprete, que o precioso *Calila e Dimna* fosse traduzido do sânscrito (antiga língua da Índia) para o persa. Ao voltar para a Pérsia, levando esse tesouro de sabedoria, o médico foi recebido com honras de herói e viveu em glória o resto de seus dias.

Com esta história, que faz parte da herança ancestral, que está nas raízes de nossa civilização, fechamos o círculo deste livro, iniciado com *As Fadas estão de volta...*

GLOSSÁRIO

ALEGORIA: (palavra derivada dos termos gregos *outro* e *discurso*: "discurso que encobre outro".) Narrativa que tem significado completo em dois níveis: no do argumento narrado e em seu significado figurado, simbólico (cujo entendimento pode variar de leitor para leitor). Ex.: O soneto de Olavo Bilac, *Sahará Vitae*, no qual é descrita a passagem de uma caravana pelo deserto: há a chegada do simum, terrível tempestade de areia que mata a todos, cessando depois; o sol volta a brilhar indiferente, sobre a areia lisa que sepultou os mortos. Só o título em latim, *O Sahará da Vida,* nos permite ler o poema como alegoria, isto é, com significados em dois níveis: o real, a passagem da caravana no deserto, e o transcendente, a visão trágica da vida humana (a morte, vista pelo pensamento positivista, como fim absoluto, sem transcendência).

APÓLOGO: (palavra derivada dos termos gregos *sobre* e *discurso.*) Forma narrativa breve que visa transmitir uma verdade moral ou espiritual por meio de uma situação exemplar, vivida por objetos ou elementos da Natureza. É do mesmo gênero que as parábolas e a fábula, com a diferença de que as personagens da primeira são seres humanos e as da segunda, animais. Ex.: *Um Apólogo*, de Machado de Assis, no qual uma agulha e uma linha dialogam.

ARQUEOLOGIA: é o ramo do conhecimento que investiga as antiguidades – as ruínas ou monumentos de arte do passado, no sentido de descobrir aspectos da vida pública ou privada de povos que desapareceram; descobrir suas leis, costumes, crenças, instituições. É um dos ramos mais importantes da História e está ligado a uma série de outras disciplinas: Filologia (estudo da formação das línguas); Paleografia (arte de ler escrituras antigas, inscrições); Numismática (estudo das moedas antigas) e outras. Os primeiros estudos arqueológicos surgiram na Itália, no século XIV, com as anotações feitas por Dante e Petrarca, acerca de velhos manuscritos e de antigas inscrições em monumentos e medalhas.

Estudos prosseguiram no século XV, em Florença, na corte de Lourenço de Médicis. Mas, como ciência, a Arqueologia aparece a partir do século XVIII – início do Romantismo, com uma plêiade de sábios (Graevius, Muller, Champollion, Jovellanos...) que descobriram, com suas escavações, as grandes civilizações da Antiguidade, que já haviam desaparecido: egípcia, grega, romana, céltica. Sem esses estudos jamais saberíamos de onde viemos ou como se deu a evolução do homem e das várias civilizações através dos milênios.

ARQUÉTIPO: segundo Jung, arquétipos correspondem a modelos de pensamento e ação, preexistentes na alma humana ("inconsciente coletivo"). Manifestam-se como estruturas psíquicas quase universais, espécie de consciência coletiva, e se exprimem por uma linguagem simbólica de grande poder energético que une o universal ao individual. Os arquétipos pertencem ao mundo dos Mitos (ou dos deuses) que os engendraram, num tempo primordial, e os legitima como modelos exemplares de todas as ações humanas.

ARQUÉTIPOS MITOLÓGICOS: são grandes figuras-matrizes, figuras arquetípicas ou modelos exemplares de virtudes ou falhas humanas: homens e mulheres excepcionais, que conviveram com deuses ou tiveram seus destinos marcados por eles, e vivem na eternidade da Mitologia Clássica. Entre eles, estão: Antígona (arquétipo da piedade filial e da dedicação fraternal); Ariadne (arquétipo do auxílio dado a alguém para sair de uma situação difícil: "fio de Ariadne"); Dédalo (construtor do Labirinto em Creta, tornou-se o exemplo das situações insolúveis); Édipo (aquele que, por um destino trágico, sem o saber, matou o pai e casou-se com a própria mãe, Jocasta – situação incestuosa que Freud utilizou na Psicanálise como "complexo de Édipo"); Fedra (esposa de Teseu e apaixonada pelo enteado Hipólito, tornou--se um arquétipo da paixão incestuosa da mulher madura por um jovem); Narciso (o grande arquétipo do egocentrismo, da paixão do ego por si mesmo); Orfeu (arquétipo da magia irresistível da Poesia e do Canto); Sereias (demônios marinhos, meio mulheres, meio peixes, arquétipos da mulher fatal que enfeitiça os homens); Teseu (aquele que matou o Minotauro e conseguiu sair do Labirinto, graças ao estratagema do "fio de Ariadne"); Ulisses (herói da *Ilíada* e da *Odisseia*, exemplar arquétipo da grande e perigosa aventura a ser vivida pela humanidade)...

CANÇÕES DE GESTA: (do latim *gesta, arum* = "feitos notáveis".) Breves poemas épicos que surgem na França medieval (século XI), cantando os feitos heróicos de Carlos Magno, imperador dos francos, e de seus cavaleiros guerreiros em luta contra os árabes que invadiram a Península Hispânica. Expressando os ideais guerreiros e religiosos da época, as canções de gesta (*chansons de geste*) têm como ponto de partida histórico a batalha de Roncesvales, travada em 778 (século VIII).

CÓDIGO DO AMOR CORTÊS: elenco de normas ou regras de "bem amar" que se difundiu como moda nas cortes europeias a partir do século XII. Correspondeu, em nível mundano, ao esforço de valorização da mulher que, em nível religioso, a Igreja vinha desenvolvendo por meio do culto marial (à Virgem Maria). Desse "código" nasceu o amor tal como a civilização cristã difundiu por todo o mundo ocidental: amor "puro", idealizado como o grande meio de aperfeiçoamento e completude do ser – amor fatal, eterno, indestrutível, cuja perda acarreta a destruição do ser (seja pela morte, pela loucura, seja por seu voluntário e total afastamento do convívio humano).

CRUZADAS: expedições guerreiras empreendidas pelos cristãos europeus contra os pagãos, entre os séculos XI e XIII, com o objetivo inicial de recuperar o Santo Sepulcro, que estava nas mãos dos turcos, e depois expulsar os árabes "infiéis" que se haviam instalado em quase toda a Península Ibérica.

CULTURA MÁGICA: é atribuída aos povos orientais (especialmente aos árabes e hindus), em oposição à dos ocidentais – a cultura fáustica. Esta última compreende o universo e o homem como que regidos por uma energia racional, rotulada de vontade ou razão (e existente em todos os seres do Universo, mas especialmente nos humanos). Na primeira, a mágica, tudo depende de um destino inevitável, de um acontecer sem razão lógica, atribuído a uma força suprema (deuses, talismãs, gênios...) que decide a vida dos homens e de todos os demais seres do Universo. Na cultura mágica, tudo acontece e repete-se ciclicamente, independentemente de causas racionais ou lógicas, por vezes como se tudo já estivesse predeterminado, e, por outras, como se forças mágicas decidissem-no ao acaso. Daí que as narrativas maravilhosas tenham sido frutos dessa cultura.

DEUSES MITOLÓGICOS: são as formas pelas quais se tornaram conhecidas as grandes forças ou energias misteriosas que deram origem ao mundo e aos homens. Deus (ou deuses) é o termo simbólico que expressa o Ser Absoluto, o Enigma do Ser e da Vida. Enigma que, no mundo mítico das origens, se manifestou em mil faces: os deuses do Olimpo. Entre eles estão: Afrodite ou Vênus (deusa do Amor); Apolo (deus solar, belo, condutor das Musas); Atena ou Minerva (deusa da Sabedoria e da Razão); Dionísio ou Baco (deus dos ritos orgiásticos, da exuberância vital desregrada, da embriaguez dos prazeres); Eros ou Cupido (deus do Amor absoluto, que leva as amantes à plena realização existencial); Hades (deus dos Mortos); Hércules (o mais famoso dos deuses, graças a seus fantásticos "Doze Trabalhos"); Tânatos (deus da Morte); Tântalo (deus-símbolo de grande sofrimento, condenado que foi ao Inferno, por ter revelado segredos divinos aos homens); Zeus ou Júpiter (o deus supremo, cuja função primordial era manter a harmonia do mundo)...

FABLIAUX: poemas narrativos breves, muito famosos no folclore francês. Jocosos ou mordazes e, na maior parte, grosseiros na crítica de costumes que expressam, os *fabliaux* devem ter surgido de contos orientais que, desde a Antiguidade mais remota, se teriam infiltrado entre os gauleses. É o gênero que, a partir do século XIII, se transforma nos contos realistas, exemplares, os quais proliferaram na França medieval e dali saíram para as demais regiões europeias.

FÁBULA: (palavra derivada do latim *fari*, "falar", e do grego *phaó*, "dizer".) Forma narrativa breve que, tal como o apólogo e a parábola, visa dar uma lição aos homens. Suas personagens são animais falantes que se comportam como humanos. Nela, as situações narradas denunciam sempre erros de comportamento, que resultam na exploração do homem pelo homem. Desde os tempos arcaicos, a fábula foi dos gêneros narrativos mais difundidos em todas as sociedades. Historicamente, teve no grego Esopo (séc. VI a.C.) seu primeiro criador/divulgador, seguido em Roma pelo grande fabulista Fedro (séc. I d.C.). Na Era Clássica (séc. XVII), o grande fabulista foi La Fontaine, que recriou as fábulas originais e criou outras.

FETICHISMO: (está na base do "pensamento fetichista".) Culto de fetiches, ou seja, de objetos considerados possuidores de feitiço ou de poderes sobrenaturais, como figurações de espíritos, e aos quais se presta uma veneração supersticiosa, de caráter mágico.

HERÓIS MITOLÓGICOS: são os que ficaram célebres por suas façanhas e sua grandeza de caráter. Fazem parte do universo mitológico da Antiguidade Clássica. Foram integrados na cultura ocidental como uma projeção simbólica da natureza humana em sua luta pela vida. Entre eles, estão: Agamenon (o generalíssimo do exército grego na Guerra de Troia); Aquiles (o grande herói da Guerra de Troia; era fisicamente invulnerável, exceto o calcanhar, onde acabou sendo atingido por uma flecha que causou sua morte; daí a expressão "calcanhar de Aquiles", para designar a parte fraca de algo); Argonautas (companheiros de Jasão na conquista do Tosão de Ouro); Jasão (grande herói de fantásticas aventuras e chefe da expedição dos Argonautas, na conquista do Tosão de Ouro).

HISTÓRIA: narração verdadeira de acontecimentos ou situações significativas para conhecimento e evolução dos tempos, das culturas, das civilizações, das nações. Não é mera exposição de fatos, mas resulta de uma indagação inteligente e crítica dos fenômenos que têm por fim o conhecimento da verdade.

IDADE MÉDIA: período histórico de mil anos (séc. V-XV), que vai do fim do mundo greco-romano (Antiguidade Clássica) até o início do mundo moderno (Renascimento). Período durante o qual houve um feroz embate entre os povos bárbaros (não cristãos), que acabaram destruindo o Império Romano, e o Cristianismo nascente. Durante séculos, toda a grande cultura literária e filosófica, criada milênios antes de Cristo pela Grécia e por Roma, ficou esquecida, guardada nos conventos, que resistiram às invasões dos "bárbaros". E ali permaneceria até o final da Idade Média (séc. XV), quando começa a ser descoberta, dando início a um novo período histórico, o Renascimento. Como período literário, a Idade Média tem início no século XII, quando a cultura cristã, espiritualizante, já se impunha como nova visão do mundo. É o momento em que o amor é descoberto como o grande meio de realização humana (amor a Deus ou à amada). A Igreja, desde o séc. IX, criara e difundira o Culto da Virgem Maria e consequentemente atribuiu um novo valor à Mulher. Nas cortes, difunde-se o ideal do "amor cortês". Em paralelo com a "vassalagem político-econômica" do Cavaleiro em relação ao Senhor Feudal, o enamorado deveria prestar "vassalagem amorosa" à Dama amada e inacessível. O ideal do "amor côrtes" é motivo inspirador de Cantigas de Amor e de Amigo, novelas de cavalaria, contos de fadas, romances – formas literárias que neste limiar do século XXI vêm sendo redescobertas. A pedra-base da civilização medieval é a fé absoluta em Deus (Teocentrismo) e na transcendência do ser humano, criatura feita por Deus, cuja alma, após a morte do corpo, voltará para Ele. É, pois, na Idade Média que estão os fundamentos da Civilização Ocidental progressista, de que somos herdeiros. Fundamentos esses que, a partir do século XIX, com o avanço das ciências, começam a ser questionados ou negados e que, em nosso tempo, estão em plena mutação... Daí o caos atual.

LENDA: (do latim *legenda, legere* – "ler".) Narrativa anônima de matéria supostamente histórica ou verdadeira, guardada pela tradição (oral ou escrita). Nela, o real e o imaginário mesclam-se de tal maneira que é impossível discernir onde acaba o verdadeiro e começa a fantasia. Todos os folclores estão repletos de lendas, que tentam explicar de maneira mágica os mistérios da vida e do Universo.

MITO: (do grego *mythus* – fábula, narração.) Narrativas primordiais que, sob forma alegórica, explicam de maneira intuitiva, religiosa, poética ou mágica os fenômenos da vida humana em face da Natureza, da Divindade ou do próprio Homem. Cada povo da Antiguidade (ou os povos primitivos que ainda sobrevivem em nossos tempos) tem seus mitos intimamente ligados à religião ancestral, ao começo do mundo e dos seres e também à alma do Universo.

MITOS INICIÁTICOS: são cerimônias sagradas, adotadas por povos primitivos, durante as quais certos mitos são revividos ou representados por determinadas pessoas (crianças, guerreiros, futuros reis ou chefes), em determinadas ocasiões de iniciação (a uma nova fase da vida, à preparação para o combate, ao investimento do poder), a fim de se tornarem aptas para o que almejam. Tais mitos e suas reiteradas representações pertencem à cultura mágica.

MORFOLOGIA: literalmente, significa "estudo da forma". O termo foi inicialmente usado em Botânica para nomear estudos da formação, estrutura e transformação das plantas. Em Gramática, refere-se ao estudo das palavras e flexões. Na análise literária, Propp usa o termo como estudo da forma e estrutura do conto maravilhoso.

NOVELA DE CAVALARIA: derivada das canções de gesta e dos romances corteses bretões ou arturianos, a novela de cavalaria aparece em Espanha e Portugal em fins do século XIV. As mais famosas foram *A Demanda do Santo Graal* e *Amadis de Gaula*. Perduraram como grande sucesso de público até o século XVII, quando Cervantes, para ridicularizar o gênero, escreveu o genial romance satírico *Don Quijote de La Mancha* (1605).

PARÁBOLA: (comparação, semelhança.) Narrativa breve, alegórica, de uma situação vivida por seres humanos (ou por humanos e animais) da qual se deduz, por comparação, um ensinamento moral. Foi muito cultivada pelos povos antigos e tem na Bíblia um de seus registros mais ricos.

POSITIVISMO: sistema filosófico e científico que se funda no método experimental para chegar ao verdadeiro conhecimento do objeto em foco. Consequentemente, não admite nenhuma noção *a priori*, nenhum conceito universal e absoluto (como, por exemplo, "Deus criou o mundo e o homem"). Para os positivistas, só o dado ou o fato objetivo são tidos como realidades científicas. A experiência e a indução são os métodos exclusivos do Positivismo. Fundada no séc. XIX pelo francês Augusto Comte (1798-1857), essa nova filosofia foi defendida por grandes nomes, como Locke, Hume, Stuart-Mill, Spencer, Russel, Taine... (teve grande repercussão no Brasil, com a geração de Sílvio Romero.) Na esfera da ciência, destaca-se o naturalista e biólogo inglês Charles Darwin (1809-1882), que escreveu a famosa obra *Sobre a origem das espécies por meio da seleção natural* (1859). No plano puramente humano, a consequência mais imediata do pensamento positivista foi a eliminação da dimensão metafísica ou transcendente do ser humano: o homem, descoberto pela Ciência, como resultado da evolução da matéria (do macaco ao homem), perdeu sua origem divina; deixou de ser visto como "filho de Deus", e "da alma" virou "lama". Na literatura, esse novo conceito de homem vai gerar o "herói" "degradado" do Naturalismo.

RACIONALISMO: doutrina filosófica surgida no século XVIII, segundo a qual os problemas básicos que preocupam a consciência humana podem ser explicados pela razão, sem necessidade de uma revelação sobrenatural. Daí que se chame de "racionalismo" à negação de toda revelação sobrenatural.

RENASCIMENTO: período artístico-literário de grande beleza e força, o Renascimento (ou Renascença) surge no século XV, correspondendo ao período histórico conhecido como Tempos Modernos (época dos grandes descobrimentos, das novas fontes de riqueza). É a redescoberta da cultura humanista greco-romana que ficara esquecida nos conventos e, indo contra a visão teocêntrica medieval, impõe-se um novo conceito de homem: aquele cuja Razão determina a Verdade das coisas. A Fé sem razão (Fé absoluta), que imperou na Idade Média, é substituída pela Fé com razão. No mundo das ideias, das artes e da literatura, impõe-se o Humanismo. É a época dos grandes artistas criadores (pintores, poetas, escultores); época de exaltação à Vida e à Beleza das formas. O Renascimento durou cerca de um século (XV-XVI). Foi o primeiro período da chamada Era Clássica (Renascimento/Classicismo/Barroco/Neoclassicismo), sucedida no século XVIII pela Era Romântica.

ROMANCE: o termo "romance" surge na Idade Média (séc. XI-XII), designando narrativas de grandes amores, cantadas ou narradas em língua "romance" – a língua popular, oral (nunca foi escrita), que resultou da fusão do latim, língua oficial dos romanos, com os diferentes falares dos povos conquistados por eles. Com o passar dos séculos, essas falas "romance" se transformaram nas diferentes línguas modernas, neolatinas (português, francês, espanhol, italiano). Portanto, o termo que, na origem, designava a língua em que as narrativas amorosas eram expressas passou a designar as próprias narrativas. Foi só no Romantismo (séc. XVIII-XIX) que esse termo passou a designar o gênero literário tal como hoje o conhecemos: o romance, sempre uma narrativa de amor ou de drama existencial.

ROMANCE CORTÊS: surge na França, por volta do século XII, quando o ideal guerreiro das canções de gesta começa a declinar, sendo substituído pelo ideal amoroso. São narrativas em verso, de natureza aristocrática e sentimental, que eram lidas para entretenimentos das cortes. De acordo com o assunto, os romances corteses dividem-se em três correntes: os da Antiguidade (que fundem o épico cristão com o maravilhoso helênico), os bizantinos (de matéria romanesca e maravilhosa greco-latina) e os bretões (de matéria bretã, que funde o heróico e o maravilhoso de raízes celtas). Este último foi o mais famoso, e a ele pertencem os romances do ciclo arturiano.

ROMANCE PRECIOSO: forma romanesca que proliferou nos salões da França do século XVII, na linha de evolução do ideal cortês que nascera na Idade Média e avançara pelo Classicismo adentro. O romance precioso substitui o romance cortês quando este começa a decair. A aventura heróica e maravilhosa, presente neste último, é substituída pela aventura sentimental e pelo heroísmo da paixão que suporta mil provas para dar testemunho de sua verdade. O culto à mulher muda de caráter, pois agora aquela dama inacessível e idealizada do amor cortês cede lugar à dama também apaixonada, embora continue sendo respeitado o tabu anterior de censura ao amor carnal. É nessa nova linha do amor feminino que no romance precioso aparecem as fadas.

ROMANTISMO: período histórico (séc. XVIII-XIX) que corresponde à consolidação da progressista sociedade cristã/liberal/burguesa (Revolução Francesa, Revolução Industrial, intensificação do comércio etc.). Nele se impõe um novo conceito de homem: o Indivíduo de exceção, fundamentado em sua Razão, independente da Fé; orientado por certezas absolutas e dotado de uma extraordinária capacidade de ação, desde que não tolhido pela Sociedade. Se o Renascimento descobrira e valorizara o Homem em relação a Deus (a condição humana tornou-se a "medida de todas as coisas"), o Romantismo vai descobrir o Eu individual, consciente de si mesmo, elevando-o acima de sua espécie. O Eu – esse misterioso ser que habita em cada indivíduo –, surge na esfera da literatura como o Herói romântico – ora exaltado, dinâmico e generoso, ora melancólico, deprimido e desesperançado, diante das forças contrárias à sua vontade. É a época dos grandes romances, da poesia e do amor, visto como o grande meio de realização humana, tal como o fora na Idade Média – época redescoberta pelo Romantismo, depois de ser esquecida durante séculos. Nessa linha de interesse, entra a redescoberta dos contos de fadas pelos Irmãos Grimm e também as novelas de cavalaria, literatura que passa a fazer parte do acervo literário ocidental. O Romantismo foi o primeiro período da Era Romântica (Romantismo/Realismo/Naturalismo/Simbolismo), cuja deterioração começa em meados do século XIX, com o avanço das ciências, e prossegue neste limiar do século XXI, simultaneamente à gestação da Nova Era que, mesmo sem saber, estamos semeando, sem que saibamos como será ou quando virá...

"AS SETE PARTIDAS DO MUNDO": expressão usada, desde os tempos remotos, para indicar a multiplicidade de lugares, regiões, caminhos que teriam sido percorridos por alguém – peregrino, viajante, navegador ou explorador de terras e mares desconhecidos em busca de novas riquezas, novos conhecimentos ou pelo simples prazer da aventura. Entre os famosos viajantes pelas "sete partidas do mundo" estão Marco Polo, Fernão Mendes Pinto, Hans Staden e diversos outros. A expressão estaria ligada ao forte simbolismo do número 7, considerado um número mágico desde as origens do tempo: Deus criou o mundo em 7 dias, são 7 os dias da semana, as esferas celestes, os graus de perfeição a serem atingidos pelo ser humano, os ramos da árvore cósmica. Entre os egípcios, o 7 era símbolo de vida eterna, de ciclo completo, de perfeição dinâmica.

VEDAS: livros sagrados (hinos védicos) da Índia, escritos em sânscrito, atribuídos à revelação de Brahma. São quatro livros que reúnem preces, hinos, fórmulas relacionados aos sacrifícios e à manutenção do fogo sagrado.

BIBLIOGRAFIA

ANTOLOGIAS

Como fonte de consulta aos textos literários representativos das formas narrativas "contos de fadas" e "maravilhosos", selecionamos:

Antiguos Cuentos Nórdicos (Org. e prólogo de Edmond Pilon). Trad. do francês por Sofia Monson. Buenos Aires: Lautaro, 1944.

Calila e Dimna. Trad. de Mansour Challita. São Paulo: Associação Cultural Internacional Gibran, 1975.

Contos de Andersen. Trad. do dinamarquês por Guttorn Hanssen, revisão estilística de Herberto Sales. Rio de Janeiro: Paz e Terra, 1981.

Contos e Lendas dos Cavaleiros da Távola Redonda. São Paulo: Companhia das Letras, 1998.

Contos e lendas da mitologia grega (Sel. e adap. de Claude Pouzadoux). Trad. Eduardo Brandão. São Paulo: Companhia das Letras, 2001.

Contos Tradicionais do Povo Português (Org. e introdução de Teófilo Braga). 2. ed. Lisboa: J. A. Rodrigues, 1914.

Contos Tradicionais do Brasil (Org. e notas de Câmara Cascudo). Rio de Janeiro: Americ Editora, 1946.

Contos Escolhidos, Irmãos Grimm. Trad. de Stella Altenbernd e Mário Quintana. Porto Alegre: Globo, 1985.

Contos de fadas celtas (Org. de Joseph Jacobs). São Paulo: Landy Editora, 2001.

Contos Irmãos Grimm "Coleção Era Uma Vez" (13 vols.: *Chapeuzinho Vermelho, A Casinha na Floresta, Joãozinho e Mariazinha, Branca de Neve* e outros). Porto Alegre: Kuarup, 1986.

Les Contes de Perrault (Org. e estudo de P. Saintyves). Paris: Librairie Critique, 1923.

As Fábulas de Esopo (Org. e trad. de Manuel Aveleza). Rio de Janeiro: Thex Ed., 2001.

Las Mil y Una Noches, 3 vols. Tradução integral do árabe para o italiano por F. Babrili, versão espanhola por Maria Pia Della Rocca. Barcelona: Ramon Sopena, 1975.

La Plume de Finist-Fier Faucon (conto russo). Trad. de Luda. Paris: La Farandole, 1981.

Mar de Histórias. Antologia do Conto Mundial, 2 vols. (Org. de A. Buarque de Holanda e Paulo Rónai), 3. ed. Rio de Janeiro: Nova Fronteira, 1980.

Os Mais Belos Contos de Fadas Iugoslavos. 5. ed. Rio de Janeiro: Vecchi, [s.d.].

Os Mais Belos Contos de Fadas Irlandeses. 4. ed. Rio de Janeiro: Vecchi, [s.d.].

ENCICLOPÉDIAS E DICIONÁRIOS

Collection Litteraire-Moyen Age. Paris: Bordas, 1965.

Dicionário de Mitos Literários (Org. de Pierre Brunel). Trad. Carlos Sussekind e outros. Rio de Janeiro: UnB/José Olympio, 1998.

Dicionário de Símbolos (Org. de Juan Eduardo Cirlot). Barcelona: Labor, 1969.

Dicionário do Folclore Brasileiro. 2 vols. (Org. de Câmara Cascudo). Rio de Janeiro: INL/MEC, 1962.

Diccionario de la literatura. I (Org. de Sainz de Rabies). Madrid: Aguilar, 1965.

Dictionnaire Illustré de la Mytologie et dês Antiquités Grecques et Romanes (par P. Lavedan et all.). Paris: Gallimard [s.d.].

Dictionnaire des Symboles (par Chevalier & Gheerbrandt). Paris: Seghers, [s.d.]. [Ed. bras.: *Dicionário de Símbolos*. 18. ed. Rio de Janeiro: José Olympio, 2003.]

Dizzionario Litterario Bompiani (vol. 8 "Personaggi"). Milão: Valentino Bompiani Editore, 1950.

Enciclopedia Universal Ilustrada Europea-Americana. Barcelona: Espasa Calpe, [s.d.].

Guide de littérature pour la jeunesse (de Marc Soriano). Paris: Flammarion, 1975.

Grand Larousse Encyclopédique (4º t.). Paris: Larousse, 1961. [Ed. bras.: *Grande Enciclopédia Larousse Cultural*. São Paulo: Nova Cultural, 1998.]

Vocabulaire Técnique et Critique de la Philosophie (par A. Lalande). Paris: PUF, 1951. [Ed. bras.: LALANDE, André. *Vocabulário Técnico e Crítico da Filosofia*. São Paulo: Martins Fontes, 1999.]

BIBLIOGRAFIA COMENTADA

AL-MUKAFA, IBN. *Calila e Dimna*. Trad. Mansour Challita. Rio de Janeiro: Associação Cultural Internacional Gibran, 1975.

Tradução brasileira de Mansour Challita, do texto árabe de Ibn Al-Mukafa, considerado a mais completa coletânea dessas narrativas inaugurais, originárias na Índia do séc. VI a.C.

AMARILHA, Marly. *Estão mortas as fadas?* (Literatura Infantil e Prática Pedagógica). Petrópolis: Vozes/UDUFRN, 1992.

Livro que resulta das atividades da autora como docente, pesquisadora e coordenadora de grupos de trabalho; enfeixa uma dezena de textos de reflexão e análises sobre a leitura de literatura e suas relações com a prática de ensino, visando principalmente à formação do próprio docente como leitor atento ou crítico.

BENFEY, Theodoro. *Petit traité sur recherches des contes de fée*. Paris, 1864.

Recolha das mais abrangentes acerca das pesquisas que se realizaram a partir do século XVIII sobre folclore, narrativas populares e fontes dos contos de fadas.

BETTELHEIM, Bruno. *A psicologia dos contos de fadas*. Rio de Janeiro: Paz e Terra, 1978.

De orientação basicamente freudiana, as análises reunidas neste volume revelam o lastro psicanalítico latente nos contos de fadas tradicionais e explicam, a partir de experiências feitas com crianças autistas, por que a leitura de tais contos é das mais atraentes e fecundas para a formação interior dos pequenos (no nível psicológico e emocional).

BRAGA, Teófilo. *Contos tradicionais do povo português*. 2. ed. ampl. Lisboa: J. A. Rodrigues & Cia. Ed., 1915. 2 vol.

A mais completa pesquisa realizada no folclore português, abrangendo o Cancioneiro e o Romanceiro Geral, esta constitui uma das mais seguras e eruditas fontes de estudo nessa área. Inclusive, Câmara Cascudo serviu-se dela para suas pesquisas das raízes do folclore brasileiro. A primeira edição é de 1883 e a última, revista e ampliada, é de 1915. Tem várias reedições.

CAMPBELL, J. *A imagem mítica*. Trad. Maria Kenney e Gilbert E. Adams. Campinas (São Paulo): Papirus, 1994.

O mais importante mitólogo do século XX, J. Campbell reuniu, neste volume, centenas de imagens (pinturas rupestres, esculturas, totens, desenhos...) recolhidas no Oriente Próximo, Índia, América Central e do Sul, Europa e Extremo Oriente, com o objetivo maior de mostrar os fundamentos mítico-religiosos de todas as civilizações que se sucederam na Terra, desde suas origens pré-históricas.

CARDOSO, Ofélia Boisson. *Fantasia, violência e medo na literatura infantil*. Rio de Janeiro: Conquista, 1969. 3 vol.

Antologia de contos de fadas e maravilhosos de todas as regiões do mundo, comentados em função dos temas nucleares: a fantasia, a violência e o medo existentes nos contos populares infantis e sua repercussão nas crianças, segundo pesquisas desenvolvidas pela própria autora.

COELHO, Nelly Novaes. *Panorama histórico da literatura infantil juvenil*. São Paulo: Ática, 1988. (esgotado).

Como o título indica, trata-se de uma história da literatura infantil/juvenil, a partir de suas origens em determinadas literaturas populares e/ou cultas, registrando suas transformações até os dias de hoje.

_____. *Literatura Infantil*: teoria – análise – didática. 7. ed. São Paulo: Moderna, 2000.

Estudo abrangente que oferece um roteiro teórico para análise e ensino da literatura infantil, com variadas propostas de trabalho com o texto (contos de fadas, contos maravilhosos, poesia infantil, entre outros).

DARNTON, Robert. *O grande massacre dos gatos*. Rio de Janeiro: Graal, 1986.

Contribuição para o estudo da "história cultural francesa" do século XVIII, baseada em documentos antigos e sobretudo de caráter popular. Seu objetivo é analisar as maneiras de pensar na França daquela época, destacando especialmente a violência e a crueldade então imperantes. Para os contos de fadas, destacamos especialmente o 1º capítulo: "Histórias que os camponeses contam: o significado de Mamãe Gansa".

DETIENNE, Marcel. *A invenção da mitologia*. Trad. André Telles & Gilza M. S. Gama. Rio de Janeiro: José Olympio/UnB, 1998.

Análise pormenorizada da multiplicidade de sentidos dados às histórias míticas de heróis e deuses gregos. Tentativa de traçar uma genealogia desse saber movediço, que vai dos gregos a Lévi-Strauss.

DIECKMANN, Hans. *Contos de fada vividos*. Trad. Elisabeth Jansen. São Paulo: Paulus, 1986.

Médico psicanalista, na linha junguiana, Dieckmann analisa inúmeros casos de pacientes com perturbações psíquicas que tinham origem na camada inconsciente do ser e que de alguma forma estavam ligadas à memória de certos contos de fada.

DUBY, Georges. *Heloísa, Isolda e outras damas no século XII*. Trad. Paulo Neves. São Paulo: Companhia das Letras, 1995.

Destacado pesquisador das narrativas lendárias ou históricas da Idade Média (séc. XII-XV), principalmente as ligadas às mulheres, Duby reúne aqui as bibliografias romanceadas de "grandes damas" medievais: a rainha Alienor, Maria Madalena (cultuada como "santa", no séc. XII, pelos peregrinos de Santiago de Compostela), Heloísa, Isolda, Juettel e Dorée.

ELIADE, Mircea. *Aspects du mythe*. Paris: Gallimard, 1963.

Escrito para a Coleção "World Perspective" (N. Y.: Ed. Harper, 1962), estes *Aspectos do mito* tem sido traduzido em toda Europa e América do Sul. De maneira sintética, traça a história dos grandes mitos, desde os povos primitivos até os do mundo pós-moderno (meados do século XX). Há um capítulo sobre "Os mitos e os contos de fadas". Para o autor, "a função do mito é dar significação ao mundo e à existência humana".

FRANZ, Marie Louise von. *A interpretação dos contos de fadas*. Rio de Janeiro: Achiamé, 1981.

FRANZ, Marie Louise von. *A individuação nos contos de fadas*. São Paulo: Paulus, 1984.

_____. *A sombra e o mal nos contos de fadas*. São Paulo: Paulus, 1985.

A autora, discípula e íntima colaboradora de C. G. Jung por mais de 25 anos, reúne nesses três volumes análises de contos de fadas através da perspectiva psicanalítica junguiana.

FREUD, Sigmund. *A interpretação dos sonhos*. Rio de Janeiro: Imago, 1987. IV vol. – O. C.

Trata-se de um dos primeiros trabalhos de Freud acerca do enigma do sonho e sua possível compreensão como fenômeno revelador do psiquismo humano. Publicado pela primeira vez em 1900, foi sucessivamente revisto e ampliado de edição para edição (1900-1922).

FROMM, Eric. *A linguagem esquecida*. Rio de Janeiro: Zahar, 1969.

O subtítulo, "Uma introdução ao entendimento dos sonhos, contos de fadas e mitos", revela a natureza de seu conteúdo: análises dos sonhos e das narrativas maravilhosas como "linguagem simbólica que constitui a única linguagem universal da raça humana. [...] Linguagem que deveria ser ensinada nas escolas, tal a sua importância para a organização cultural do ser humano".

GELDER, Dora van. *O mundo real das fadas*. São Paulo: Pensamento, 1986.

Neste livro, Dora van Gelder registra fatos ou vivências paranormais que nos descobrem a verdadeira realidade das fadas, acessível aos que possuem o dom da "vidência".

HANNA, Thomas. *Corpos em revolta*. Trad. Vicente Barretto. Rio de Janeiro: Edições MM, 1972.

Análise filosófica da evolução do homem do século XX, em direção à cultura somática do século XXI, fundamentada em uma ideia do ser humano como "soma", como integrante da energia cósmica, cuja formação deve incidir em sua própria consciência de Ser e de Fazer como parte essencial de um Todo (Natureza e Humanidade). Como proposta para a sobrevivência da humanidade, aponta para o desenvolvimento de uma cultura radicalmente humanista.

HARTMANN, Johannes. *O livro da história*. Lisboa: Moraes, 1976.

Registro cronológico dos principais fatos históricos do mundo, desde o Mundo Antigo dos gregos e romanos até os nossos tempos.

HELD, Jaqueline. *O imaginário do poder*. São Paulo: Summus, 1980.

Verdadeira "pedagogia do imaginário", questionadora e informativa, a matéria aqui recolhida registra experiências de leitura e escrita criativa desenvolvidas na França com crianças e jovens, em ambiente escolar, entre os anos 1972 e 1975.

HUXLEY, Francis. *O sagrado e o profano*: duas faces da mesma moeda. Trad. R. José Sá Barbosa. Rio de Janeiro: Primor, 1977.

Volume ricamente ilustrado com centenas de pinturas, esculturas, desenhos rupestres, vasos, totens, apresenta uma abrangente análise do mundo mítico (desde os tempos bíblicos antes de Cristo) herdado por nossa civilização. Como o título já revela, as análises procuram detectar o lastro religioso ou sagrado inerente aos multiformes mitos herdados. Como é dito na abertura: "Um homem que busca além das aparências é um homem que busca a verdade".

JUNG, Carl Gustav. *Símbolos da transformação*. 4. ed. Petrópolis: Vozes, 1999.

Edição revista e aumentada de *Transformações e símbolos da libido* (1952), apresenta dois capítulos que oferecem subsídios para melhor compreensão da linguagem simbólica dos contos de fadas.

LACAN, Jacques. *Écrits*. Paris: Seuil,1966.

Reunião de textos sobre conceitos fundamentais da Psicanálise, linha freudiana, escritos em diferentes ocasiões para seminários e publicações especializadas. Direta ou indiretamente, ligam-se à problemática central de Lacan: as psicoses ou alterações de personalidade, advindas das relações do eu com o outro.

LOTMAN, Iuri. *La structure du texte artistique*. Paris: Gallimard, 1973.

Reflexões sobre o conceito de texto literário, ligado a práticas artísticas não literárias: possíveis limites entre o literário e o linguístico.

MALET, Albert. *Lê moyen âge*. Paris: Hachette, 1907.

História da França no período da Idade Média.

MANTOVANI, Fryda Schultz de. *Sobre las hadas*. Buenos Aires: Nova, 1974.

Livro que reúne ensaios sobre literatura infantil e apresenta um capítulo sobre a possível origem e natureza das fadas.

MENENDEZ PELAYO, Marcelino. *Orígenes de la novela*. Santander: Aldus, 1943. 3 vol.

Uma das mais completas pesquisas feitas com a novelística ocidental, desde seus primórdios orientais e celtas, dá especial relevo às novelas de cavalaria.

MIRA Y LÓPEZ, Emilio. *Quatro gigantes da alma*. Rio de Janeiro: José Olympio, 1972.

Um dos títulos de maior destaque na obra científica e humanista do autor (médico e intelectual cubano, mas "cidadão do mundo"), este analisa o homem em relação ao mundo onde vive (primeira metade do século XX), através das grandes forças que o impulsionam: o medo, a ira, o amor e o dever.

MIRANDE, Jacqueline. *Contos e lendas dos Cavaleiros da Távola Redonda*. São Paulo: Companhia das Letras, 1998.

Adaptação do original de Chrétien Troyes, com tradução de Eduardo Brandão, abrangendo os três principais cavaleiros: o rei Artur, Percival e Lancelote do Lago.

MORIN, Edgar. *A cabeça bem feita*. Trad. Eloá Jacobina. Rio de Janeiro: Bertrand Brasil, 2000.

Livro dirigido particularmente a professores e alunos, desenvolvendo de maneira didática e arguta a nova proposta de "repensar a reforma e reformar o pensamento", que deve orientar as novas reformas do Ensino, na linha do "pensamento complexo".

MULLER, Max. *Essais de mythologie comparée*. Paris: Didier, 1880.

Uma das obras pioneiras na área dos estudos de Mitologia Comparada.

MULLER, Ottofrido. *Prolegômenos a uma mitologia científica*. 1925.

Reflexões que buscam possíveis investigações dos mitos, através de uma ótica científica.

NEUMANN, Erich. *A Grande Mãe*. Trad. F. Pedroza Mattos et al. São Paulo: Cultrix, 1996.

Estudo fenomenológico da constituição feminina do inconsciente que percorre a formação do arquétipo da Mulher, como a Grande Mãe ou Mãe Terrível, desde os povos pré-históricos até os caminhos de interpretação de Jung e o "inconsciente coletivo".

OSTROWER, Fayga. *Criatividade e processos de criação*. Rio de Janeiro: Imago, 1977.

Como o título indica, o livro apresenta uma série de reflexões sobre os processos de criação com a palavra, e a interdependência existente entre a leitura de mundo assimilada e a possível criação do novo.

PERNOUD, Regine. *A mulher no tempo das catedrais*. Trad. Miguel Rodrigues. Lisboa: Gradiva, 1984.

Estudo que percorre historicamente as mudanças da imagem da mulher na sociedade, desde o início da Idade Média até as vésperas do Renascimento, focalizando as figuras femininas que mais se destacaram.

PROPP, Vladimir. *Las raíces históricas del cuento*. Madrid: Editorial Fundamentos, 1979.

A primeira edição é de 1946. Estudo minucioso do conto maravilhoso eslavo, abrangendo desde suas origens históricas até a superestrutura social que o gerou como fenômeno narrativo específico.

_____. *Morfologia do conto maravilhoso*. 2. ed. São Paulo: Forense Universitária, 2006.

A primeira edição é de 1928. Pesquisador formalista, o autor analisa e classifica os contos maravilhosos a partir das funções desempenhadas pelas personagens.

_____. *Las transformaciones del cuento maravilloso*. Buenos Aires: Rodolfo Alonso, 1972.

Na mesma linha de interesse do autor – a natureza do conto maravilhoso –, aqui são estudadas suas transformações através do espaço e do tempo.

QUINTINO, Cláudio Crow. *O livro da mitologia celta*. São Paulo: HI Brasil, 2002.

História romanceada do povo celta, baseada em extensa pesquisa voltada principalmente para a influência da cultura celta na cultura e literatura da Irlanda.

ROUGEMONT, Denis de. *O amor e o Ocidente*. Lisboa: Moraes, 1968.

Obra-chave para o conhecimento do lugar que a concepção do Amor ocupa na formação da cultura ocidental e de suas raízes religiosas místicas e míticas. Análises centradas principalmente no mito de Tristão e Isolda e do "filtro do amor".

SAINTYVES, Pierre. *Les Contes de Perrault et les récits parallèles: leurs origines*. Paris: Librairie Critique, 1923.

Análise erudita do possível lastro mítico-ritualístico-iniciático que existiria nos contos maravilhosos.

SILVEIRA, Nise da. *Vida e obra de Jung*. 9. ed. Rio de Janeiro: Paz e Terra, 1981.

Sintético percurso pela vida de Jung e interpretação objetiva dos principais aspectos de sua teoria do inconsciente coletivo e arquétipos, que deu novos rumos às pesquisas no âmbito da Psicanálise, ao ultrapassar os limites consagrados por Freud.

SIR GAWAIN. *Cavaleiro da Távola Redonda*. São Paulo: Hemus, 2000.

Em tradução e adaptação de Yumi Suzuki, esta coletânea reúne três aventuras do Sir Gawain, um dos cavaleiros do ciclo novelesco do rei Artur: *Sir Gawain e o Cavaleiro Verde*, *O Cavaleiro da Espada* e *A Donzela da Mula*. Completa o volume um episódio novelesco, *O Paraíso da Rainha Sibila*, escrito por Antônio de la Sale, em 1420, sobre um intrigante mistério acontecido na Umbria, região da Itália famosa pela existência de feiticeiras.

VILLEMARQUÉ, M. *Les Romans de la table ronde et les contes de anciens Bretons*. Paris: Didier, 1859 (bibl. UCLA).

Estudo das origens célticas das narrativas fabulosas que se popularizaram como "novela de cavalaria", feito a partir de estudos ingleses sobre manuscritos gauleses, que tratam de personagens fabulosas como Merlin ou de lendas célticas, poesias bretãs e mitologia irlandesa.

ÍNDICE ONOMÁSTICO

A

Aarne, Antti 114, 115, 116
Alfonso, Pedro 49
Alienor D'Aquitânia (rainha) 59
Ambrósio (sábio) 59
Andersen, Hans Christian 30, 31, 65
André (O Capelão) 61, 62
Apuleio, Lúcio 46, 83
Ariosto 80

B

Bachofen, Johann Jakob 91, 92
Basile, Giambattista 46, 47
Bastian, Adolf 110
Benfey, Theodoro 108
Blavatsky, Helena 87
Boccaccio 47
Boileau, Nicolas 81, 82
Boltee e Polivka 115
Bonaparte, Napoleão 30
Boyer, Régis 97
Braga, Teófilo 44, 50, 55, 103, 111
Bregdon 86
Brunel, P. 94, 96, 97
Budha (Sidarta Gautama) 37
Buslaev 115

C

Camões, Luís Vaz de 80
Campbell, Joseph 91, 148
Camus, Albert 99
Cascudo, Luís da Câmara 36, 46, 52, 85, 95, 115
Cervantes, Miguel de 55, 139

Chevalier & Gheerbrandt 79
Colbert, Jean-Baptiste 81

D

D'Aubignac 82
D'Aulnoy, Mme. 84
D'Orbeney, Mrs. 36
D. Juan Manuel 49
Delan, Paul 107
Descartes, René 21
Dieckmann, Hans 15
Dostoievski, Fedor 21
Durand, Gilbert 91

E

Eckhart, Johannes (mestre) 96
Eliade, Mircea 91
Esopo 28, 47, 137

F

Fedro 28, 47, 137
France, Marie de 59, 60, 61, 62, 67
Franz, Marie-Louise von 123
Freud, Sigmund 97, 120, 121, 122, 134

G

Galland, Antoine 40, 41, 84, 108
Gelder, Dora van 86, 87, 88
Gêngis Khan 44
Grimm, Irmãos (Jacob e Wilhelm) 29, 30, 45, 105, 107, 115, 121, 142

H

Haddad, Almanzur 37
Hamann (filósofo) 105

Hanna, Thomas 127
Hassenpflug, Jeannette 29
Henri I (conde) 60
Henrique II 59
Herder, Johann Gottfried 105, 106
Héritier, Mlle.L' 40, 82, 84
Homero 35

J

Jakobson, Roman 115
Jensen, A. 108
Joel, Rabi 38
Jolles, A. 91
Jung, Carl 97, 98, 99, 110, 121, 122, 123

K

Krohn, Kaarle 114
Kuhn, Adalberto 109

L

Lacan 130
La Fontaine, Jean de 28, 48, 81, 137
Lotman 124
Ludovico, Ariosto 80
Luís VII 59
Luís XIV (rei Sol) 27, 81, 84
Lúlio, Raimundo 49

M

Magno, Carlos 51, 135
Mantovani, F. 77
Maomé II 51
Meireles, Cecília 26
Mela, Pomponius 77, 78

Menendez Pelayo, Marcelino 15, 50, 55
Mira y López, Emilio 95
Molière, Jean-Baptiste 49, 82
Monmouth, G. 59
Morin, Edgar 22
Muller, Max 108, 109
Muller, Ottofrido 109

N

Nennius 59
Neumann, Erich 92, 96, 98
Newton, Isaac 21

O

Ostrower, Fayga 128
Ovídio 67

P

Paris, Gaston 111
Pernoud, Regine 62
Perrault, Charles 27, 29, 40, 45, 47, 63, 65, 80, 81, 82, 83, 84, 112
Perrault, Pierre 27
Pessoa, Fernando 92
Poitiers, Guilherme 59
Preschac (conde) 40, 84
Propp, Vladimir 116, 117, 119, 139

R

Racine, Jean 81
Robles, Sainz de 92
Rougemont, Denis 61, 76

S

Sacy, Silvestre de 108
Saintyves, P. 112, 113, 114

Saluces, Marquês de 62
Sanchez, Clemente 49
Scott, Walter 60
Sendabad (filósofo) 39
Sevcenko, Nicolau 94
Shakespeare, William 69, 79
Silveira, Nise da 97, 99, 122, 123
Soriano, Marc 78, 79
Speranski 115
Stucken, E. 108

T

Tamerlão 44
Tasso 80
Thompson, Stith 114
Troyes, Chrétien 67, 69
Tylor, Edward Burnett 110

V

Vinokur 115

W

Wace (monge) 59
Walkenaer (historiador) 44
Wieckmann, Katherina 29
Winckelmann (arqueólogo) 105
Winkler, H. 108
Wundt, Wilhem 121

Z

Zola, Émile 21

Rua Dona Inácia Uchoa, 62
04110-020 – São Paulo – SP (Brasil)
Tel.: (11) 2125-3500
paulinas.com.br – editora@paulinas.com.br
Telemarketing e SAC: 0800-7010081